미당 서정주 전집

5

시

* 이 도서의 국립중앙도서관 출판예정도서목록(CIP)은 서지정보유통지원시스템 홈페이지
(http:seoji.nl.go.kr)와 국가자료공동목록시스템(http://www.nl.go.kr/kolisnet)에서
이용하실 수 있습니다. (CIP제어번호: CIP2015015185)

미당 서정주 전집

5

시

산시

늙은 떠돌이의 시

80소년 떠돌이의 시

은행나무

'이별이게, 그러나 아주 영 이별은 말고
어디 내생에서라도 다시 만나기로 하는 이별이게'

생가 옆집에서 홀로 살고 있는 미당의 동생 우하 서정태 시인
자신을 낮추는 집이라는 뜻에서 '우하정又下亭'이란 현판을 달았다

건축가 김원이 설계한 고창 선운리의 미당시문학관(2001년 개관)

뉴질랜드 여행 중(1994)

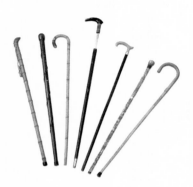

세계 방랑길을 함께한 지팡이들

박주일 시인(왼쪽에서 세 번째)과 경주 감은사지를 찾은 미당 부부(1991)
우연히 만난 김용옥 교수(맨 왼쪽)가 사진 찍기를 청했다

겨울 어느날의 늙은 아내 월 3일

오랫 가난에 시달려온 늙은 아내가
겨울 청명한 날
유리창에 어리는 친절봉을 보다가
소리없이 울으며
"허어 관악산이 다아 웃는군!"하다
그래 나는
"시인은 당신이구려 시인은!
나는 그저 당신의 선물셈이구....."하여
덩달아 웃어 본다.

시작 노트 속 마지막 시

봉산산방 뜨락에서

15권의 시집들

발간사

    미당 서정주 선생의 탄신 100주년을 맞이하여 선생의 모든 저작을 한곳에 모아 전집을 발간한다. 이는 선생께서 서쪽 나라로 떠나신 후 지난 15년 동안 내내 벼르던 일이기도 하다. 선생의 전집을 발간하여 그분의 지고한 문학세계를 온전히 보존함은 우리 시대의 의무이자 보람이며, 나아가 세상의 경사라 하겠다.

    미당 선생은 1915년 빼앗긴 나라의 백성으로 태어나셨다. 우울과 낙망의 시대를 방황과 반항으로 버티던 젊은 영혼은 운명적으로 시인이 되었다. 그리고 23살 때 쓴 「자화상」에서 "나를 키운 건 팔할이 바람이다"라고 외쳤고, 이어서 27살에 『화사집』이라는 첫 시집으로 문학적 상상력의 신대륙을 발견하여 한국문학의 역사를 바꾸었다. 그후 선생의 시적 언어는 독수리의 날개를 달고 전통의 고원을 높게 날기도 했고, 호랑이의 발톱을 달고 세상의 파란만장과 삶의 아이러니를 움켜쥐기도 했고, 용의 여의주를 쥐고 온갖 고통과 시련을 지극한 아름다움으로 바꾸어 놓기도 했다. 선생께서는 60여 년 동안 천 편에 가까운 시를 쓰셨는데, 그 속에 담겨 있는 아름다움과 지혜는 우리 겨레의 자랑거리요, 보물이 아닐 수 없다. 선생은 겨레의 말을 가장 잘 구사한 시인이요, 겨레의 고운 마음을 가장 잘 표현한 시인이다. 우리가 선생의 시를 읽는 것은 겨레의 말과 마음을 아주 깊고 예민한 곳에서 만나는 일이 되며, 겨레의 소중한 문화재를 보존하는 일이 된다.

미당 선생께서 남기신 글은 시 아닌 것이라도 눈여겨볼 만하다. 선생의 문재文才와 문체文體는 유별나서 어떤 종류의 글이라도 범상치 않다. 평론이나 논문에는 남다른 통찰이 번뜩이고 소설이나 옛이야기에는 미당 특유의 해학과 여유 그리고 사유가 펼쳐진다. 특히 '문학적 자서전'과 같은 산문은 문체를 통해 전달되는 기미와 의미와 재미가 풍성하여 미당 문체의 진미를 맛볼 수 있다. 미당 문학 가운데에서 물론 미당 시가 으뜸이지만, 다른 글들도 소중하게 대접받아야 할 충분한 까닭이 있다. 『미당 서정주 전집』은 있는 글을 다 모은 것이기도 하지만 모두 소중해서 다 모은 것이기도 하다.

미당 선생 생전에 『서정주문학전집』이 일지사에서, 『미당 시전집』이 민음사에서 간행된 바 있다. 벌써 몇십 년 전의 일이다. 오늘의 관점에서 보면 그 책들은 수록 작품의 양이나 정본의 측면에서 아쉬움이 많다. 지난 몇 년 동안, 본 간행위원회에서는 온전한 전집을 만들기 위해서 많은 수고를 아끼지 않았다. 서고의 먼지 속에서 보낸 시간도 시간이지만 여러 판본을 두고 갑론을박한 시간도 만만치 않았다. 특히 미당 시의 정본을 확정하고자 미당 선생의 시작 노트나 육성까지 찾아서 참고하고 원로 문인들의 도움도 구하는 등 번다와 머뭇거림을 마다하지 않았다. 참으로 조심스러운 궁구를 다하였으니, 앞으로 미당 시를 인용할 때 이 전집에 의존하는 경우가 점점 많아지기를 바랄 뿐이다.

한편으로, 미당 전집의 출간은 두려운 일이다. 그것은 미당 선생의 모든 작품을 제대로 보여 준다는 형식적 의미를 지니기 때문이다. 세상에 어떤 전집이 있어 미당 선생의 모든 작품을 제대로 보여줄 수 있을 것인가? 우리에게도 그것은 현실이 못되고 희망이겠지만 그래도 우리는 그 희망에 최대한 가까이 가고자 했다. 우리가 그 희망에 얼마만큼 근접했는지는 앞으로의 세월이 증명해 줄 것이다. 다만 지금으로서는 지극한 정성과 불안한 겸손이 우리의 몫일 따름이다.

마지막으로 감히 말하건대, 우리는 미당의 전집 간행을 긍지와 사명감으로 하고자 했다. 우리는 미당을 통해서 이 세상에는 아주 특별한 것이 아주 드물게 존재함을 알게 되었다. 그리고 그 특별하고 드문 것을 우리 손으로 정리해서 한곳에 안정시키는 일에 관여하는 기쁨을 누렸다. 우리의 기쁨이 보람이 있어 세상의 기쁨이 된다면 그 기쁨은 곱이 될 것이다. 아니 그보다 미당의 문학이 이 세상에서 제 몫의 대접을 받게 된다면 우리는 사필귀정事必歸正이라는 네 글자를 진리로 받들면서 더 큰 기쁨을 누릴 것이다.

미당 선생 탄생 100주년이 되는 해의 유월에
미당 서정주 전집 간행위원회

이남호, 이경철, 윤재웅, 전옥란, 최현식

차례

제15시집 **80소년 떠돌이의 시**

일러두기

1. 이 시 전집은 서정주 시(950편)의 정본을 확정하고자 한다. 『화사집』(남만서고, 1941) 『귀촉도』(선문사, 1948) 『서정주시선』(정음사, 1956) 『신라초』(정음사, 1961) 『동천』(민중서관, 1968) 『서정주문학전집』(일지사, 1972) 『질마재 신화』(일지사, 1975) 『떠돌이의 시』(민음사, 1976) 『서으로 가는 달처럼…』(문학사상사, 1980) 『학이 울고 간 날들의 시』(소설문학사, 1982) 『안 잊히는 일들』(현대문학사, 1983) 『노래』(정음문화사, 1984) 『팔할이 바람』(혜원출판사, 1988) 『산시』(민음사, 1991) 『늙은 떠돌이의 시』(민음사, 1993) 『80소년 떠돌이의 시』(시와시학사, 1997)를 저본으로 삼았다.

1-1. 『서정주시선』에 재수록된 『화사집』과 『귀촉도』의 작품은 『서정주시선』 본을 기준으로 삼았다.

1-2. 『서정주문학전집』 '신라초'에 추가된 4편을 이번 전집에 포함했다. 시집 『질마재 신화』 2부 '노래'에 실린 12편은 이 전집의 『질마재 신화』에서 제외하고 『노래』에 수록했다. 『80소년 떠돌이의 시』는 시집 2판(2001년)에 추가된 3편을 포함했다.

2. 판본마다 표기가 다른 경우, 첫 발표지와 초판 시집, 『서정주시선』 『서정주문학전집』 『서정주육필시선』(문학사상사, 1975), 시작 노트 등을 종합 비교하여 시인의 의도가 가장 잘 반영된 것으로 보이는 표기를 선택했으며, 시인이 직접 교정한 것이 확실한 경우 반영하고 편집자주를 달았다.

3. 원문의 세로쓰기는 가로쓰기로 바꾸었으며, 띄어쓰기는 특별한 경우가 아니면 현대 표기법에 따랐다. 한자는 한글로 바꾸고 뜻의 파악을 위해 필요한 경우에만 함께 적었다.

4. 작품의 소릿값 존중을 원칙으로 하되, 소리의 차이가 없는 경우 표준어로 바꾸었다.

5. 미당 특유의 시적 표현(사투리, 옛말 등)은 살리고, 한글 맞춤법 통일안에 어긋난 표기와 명백한 오·탈자는 바로잡았다.

6. 외국의 국명·지명·인명은 외래어 표기법에 따르지 않고 시인의 표현을 그대로 따랐다.

7. 원본 시집의 각주는 *로 표시했고, 그 외는 편집자주라고 밝혔다.

8. 단행본과 잡지 제목은 『 』, 시와 소설은 「 」, 노래, 그림, 연극 등은 〈 〉로 표기하였으며, 신문명은 부호를 넣지 않았다.

9. 시집에 실린 자서, 후기, 시인의 말, 머리말은 '시인의 말'로 통일하여 각 시집 편 맨 앞에 넣었다.

10. 부록으로 서정주 연보는 제3권, 작품 연보는 제4권, 수록시 총색인은 제5권에 수록했다.

제13시집

산시 山詩

시인의 말

이 땅 위에 생겨난 누구나가 다 그러는 것처럼 나도 어려서부터 지금까지 내 딴으로는 그 산들에 대해서 여러 가지 느낌과 생각을 만들어 지니며 그리워해 왔었다. 그것이 회갑을 지내고 또 고희를 지낼수록 내게는 그 친근감이 점점 더 간절해져서 외지에 나가 있을 때에도 가능하면 먼저 이 산 쪽으로 발을 옮기곤 했던 것인데, 인제 이 세계의 산들을 두고 쓴 내 시작詩作들을 묶어 대업大業 민음사에서 출간하게 되니 속이 후련해진다.

읽어 보시면 아시겠지만, 이 세계의 산시들의 내용 속에다가는 그 산들이 소속해 있는 나라들의 신화와 전설과 민화들을 밉지 않게 깔기에 주력하였고, 거기 불가불 어리어 나오는 각기의 사상성에 대해서도 내 주견을 되도록 줄이고 그 각기의 특장점으로 보이는 것들을 겸허하게 받아들이기에 마음을 썼다.

또 산들의 이름들 사이에 연관되는 의미와 그 암시력의 효과 쪽을 모색하다 보니, 거기에서 예상 밖으로 부조화하는 것들 사이의 새 조화라고 할 수 있는 것들이 빚어져 나오기도 하여 이런 경우엔 큰 발견이나 한 것처럼 기쁘기도 했었다.

내가 전연 거기 말을 모르는 이란, 터키, 인도네시아, 아라비아 반도, 이집트 등의 산 이름들을 되풀이해서 외다 보니, 여기에서는 또 우리 한국말 비슷하게 들려오는 것도 어느 만큼 있어서 그걸 연관시켜 보니 그것도 한 재미가 있어, 그런 덕택으로 희작戱作이라 할까 그런 걸 만들어 본 것도 몇 개 있다.

최근 한 삼사 년 동안 내 딴에는 꽤나 열심히 공부하면서 애써서 건더지를 모은 것들이고, 또 한 시험인試驗人으로서의 긍지도 갖고 쓴 것들이긴 하지만, 물론 이것의 가치 여부는 전혀 독자들의 장래의 평가 여하에 달려 있는 것임을 나는 잘 알고 있다.

1990년 11월 21일
관악산 봉산산방에서

아시아 편

한국의 산시

그 누군가
흰 머리로 신선 되시어
영원한 새 청춘으로
하늘을 맡아 일어서시니

모자는
그 흰머리털모자가 역시나 좋겠다고
본받아 나서는 아들딸도 있었지.

함경도라 맑은 물에
물신선 노릇이 더 좋겠다고
구름을 머리에 쓰고 다니는
여인네도 생겼지.

민족의 장래가 잘되자면
좋은 자손을 배야만 되겠다고
지성 드리는 탑이
만 개나 생겨나면서,

아저씨 아저씨 멱서리아저씨도
승냥이 떼들도
그건 두루 다 찬성이었지.

제주도에서 누군가가
하늘의 은하수하고 친하게 지낸다고 하자
그런 멋들어진 일을 해 보는 게 좋다고
지리산이 한마디 하는 바람에,

미묘한 향내가 싸아하게
평안도에서 일어나면서,

함경도 쪽에서는
열여덟 살 된 어머니께서
세 살짜리 두 쌍둥이를 데리고
너무나도 좋다고
하늘로 하늘로 날아올랐지.

설악산에는
단풍보다 더 고운 눈발이 치고,
금강산 뼈다귀들은
물론 힘이 더 생겨났었지.

일본 산들의 의미

군인 하나가 부자 걸음으로
평퍼짐하게 걸어가 보니,
수수밭 가에 수컷매가 앉아서
"제아무리 무사가 굶주렸기로
요까짓 것까지야 안 까먹는다"고
머리를 뒤로 젖히며
으시대고 있었네.

얼씨구!
천황이 좋아하는 대나무에선
나비가 여덟 마리나 날아오르며
무우 아랫도리같이
자는 사람들을 토해 내고 있어서,

"야 이건 우리들의 해의 여신님
아마데라스오오미까미[天照大神]께서
손수 낳으신 나비님들이시죠?" 하며

일본 사람들은 매우나 좋아했네.

그렇지만
"이 축하는 말씀보다도
침묵의 참선으로 하는 게 좋다"고
누군가가 주장해서,

토끼털에 무명을 섞어서 짠
옷들을 입혀 가지고
중들을 군데군데 놓아두었던 것인데,

그 옷들이 그만 다 낡아 빠져서
스님들의 엉덩이들이 드러나고,
거기서 뜻밖에도
바위가 생겨나면서
날카로운 일본도가 발견되니

규슈[九州] 사람들이 앞장서서

이 나라 구경을 나서게 됐고,
그 칼을 또 각기 한 자루씩
허리에 차고 다니게도 됐네.

몽고 산의 점쟁이새

몽고에서 가장 높은 산
몬흐하이르한에서는
한 이만 년 전 옛날부터
크나큰 점쟁이새 한 마리가
불타는 밝은 눈으로
살아오고 있었네.

몬흐하이르한 산에서
짜스트복編드 산으로
튀르겐 산으로
이크복編드 산으로
또다시 몬흐하이르한으로
옮겨 다니며 옮겨 다니며
몽고 사람들 신수를 점치고 살았네.

징기스칸의 몽고 사내들이 완력으로
서양 여자들의 배에서까지
엉덩이에 몽고반점이 박힌

검은머리 새끼들을 수두룩히 까내고 있던 때에는
"거 좋으이! 거 좋으이!"
맞장구도 쳤고,

그 징기스칸의 증손녀인
홀도로게리미실이가
그 남편인 우리 고려의 충렬왕을 갖다가
침실에서 좀 불만족하게 논다고
몽둥이로 마구 두들겨 팰 때에는
박족拍足까지도 잘 쳐 보내고 있더니만,

요즘은
희미해진 두 눈에
눈꼽만 다래다래 끼고
입도 벙어리 다 되어 뻐려,

찐한 달밤에 간혹
라마 교주의 정강이뼈로 만든

인골 피리 소리가 울리어 오면
그 귀만큼은
아직도 쬐끔 처량해지긴 하지만
그것도 이내 곧 잊어버리고,

그 십중팔구는 귀군貴君 비스름하게
그만 박제의 산송장일세.

어느 맑은 날에 에베레스트 산이 하신 이야기

나 에베레스트를 비롯해서
히말라야 전 산맥의 산들을
가는 떡가루처럼 두루 빻아
사억 삼천이백만 년이 지날 때마다
그 가루 한 개씩을 헐고 가서
그걸 모다 뿌려 마친 시간의 길이도
그건 역시나 가한수可限數라
처음도 없고 끝도 없이 영원키만 한
자기의 정신 생명에 견줄 수는 없다고
또렷또렷 제자들을 타이르고 있던
네팔의 석가모니
그런 사내를
나는 아직도 더 본 일이 없다.

그 나이 여든 살 나던 된 흉년에
고향 생각이 간절히 나서
터덕터덕 걸어
인도에서 네팔로 가고 있던 도중에

춘다라는 대장쟁이네가 끓여준
독버섯국을 먹고
피를 토하며 숨넘어가고 있으면서도
그 춘다에게 또
그의 그 자비의 영생사상을
끝까지 가르치고만 있던
그런 사람을
나는 아직도 더 본 일이 없다.

어느 흐린 날에 에베레스트 영봉이 하신 이야기

옛날 중국 땅의 서남쪽에
치완[佤]이란 한 겨레가 살고 있었는데
여기 중국에서도 가장 낮은 곳이라
중국의 해의 힘이 아직 거기까지 미치지 못해
늘 침침하고 어두워서
치완 사람들의 불편은 이만저만이 아니었네.

그래 어느 날은 회의를 열고
누가 이 세상에서 가장 높은 산 위의
해 뜨는 데를 찾아가서
해한테 간절히 사정해 보기로 하고
보낼 사람을 고르는 판이 되었는데,

너도 나도 모다 자원해 나선 다음에
한 젊고 건강한 여자가 나와서 말하기를
"저는 아직 젊고
또 배 속에는 두 달 된 아이까지 가졌으니
그 먼 데까지는

저의 모자가 이어서 다녀오는 것이
제일 알맞겠습니다" 하는지라
그 여자를 보내기로 합의가 되었지.

그래 그 여자는 그 산을 찾아 걸어가다가
여덟 달 뒤에 사내애를 낳자
이걸 또 둘쳐업고 걸었고
이 애가 조금 크자
그 손을 잡고 걸었고
그 다음에는 말동무가 되어 걸어가서

그 뒤 여러 십 년이 지나
그 여자가 그만 다 늙어 빠져서
그 어디 소나무 밑에 묻히게 되자
뒤이어선 아들이 혼자
걷고 걷고 또 걸어서
이 에베레스트 산 나를 찾아온 것은
그 모자가 길을 떠난 지

꼭 일백 년째 되는 해의
어느 화창한 봄날이었네.

그래 나는 그를 충심으로 칭찬해 주고,
내 산의 해더러는
그 치완 족의 나라를 잘 비치게
빛을 좀 더 내보내라고 했으며,
귀로에 든 그를 전송해 주었네만
모르지
어디까지나 가다가
또 한 개 길가의 무덤이 됐는지……

하여간에
이 중국인 모자를
나는 지금도
잊을래야 잊을 수가 없네.

히말라야의 하느님과 나

세상 새끼들 지랄하는 게
하도나 꼴보기가 싫어서
티베트의 하느님은
히말라야 산맥 위의 하늘의 거실에서
매양 두 눈뚜껑을 덮고만 지내기에
인제는 그게 너무나 무거워져
눈 뜨고 무얼 꼭 봐야 할 마련이면
승지놈들을 시켜
대막대기로 그걸 열게 해
떠받들게 하고서야
겨우 보신다지만

어유
여余에겐
대막대기도
승지도
귀찮기만 해,
소대성이의 조으름만이

그래도 그중 달가웁고녀.

히말라야의 흰 표범

히말라야 산맥에서는
하얀 눈빛털 바탕에
검은 바둑점들이 박힌
표범이 살고 있다.

이 검은 바둑점들은
하늘나라 신선들이 두는
바둑점들인가?
땅 위의 신선들이 두는
바둑점들인가?

그것은 잘 모르겠지만,
하여간에
헤밍웨이의 킬리만자로의 눈 위의
그 호랑이보다는
좀 더 유력한 것 같은데

요놈은 바보같이

게 게 게 게
웃고만 있다.

무에 이따위가 다 있는지
게게게게 게게게게
소리도 안 나게 웃고만 있다.

히말라야 산사람의 운명

히말라야 산사람의 운명은
아직도 옛날 그대로
하늘에서 드리우고 있는
산 동아줄에 매달려 있다.
그리고 이 동아줄의 마음속에는
아조 밝은 눈이 있어
초롱초롱하시다.

그러니 꿈에라도
불 꺼진 잿더미 곁에는 가지 마라.
날리는 잿가루에 눈이 멀면
네 동아줄 속의 눈도 멀어 뻐린다.

그리고
죽은 쥐나 죽은 여우를
오래 쳐다보지 마라.
네 맑은 숨결이
죽은 그것들 숨구먹으로

모조리 빨려 들어가 뻐리면
어떻게 하겠니?

그래서
네 하늘의 동아줄도 그만
폭삭 다 삭어서
동강 끊어져 뻐리면
그걸 어떻게 하겠니?

인도의 명산 난다데비에서
어느 선녀님이 속삭이신 이야기

이 난다데비 산 위의 하늘에서는
아조 신나게 춤을 잘 추는
이쁜 선녀가 살고 있었는데요.
이 선녀가 춤을 추면은
이 세상 수풀의 나뭇잎 꽃잎들도
그 가락에 맞추어 너울거렸고,
새들의 목청도 거기 어울려
어여쁜 울음소릴 자아내었고,
사람들의 가슴속에 잠기어 있던
신바람도 제절로 열리었지요.

그런데 어느 땐가 이 선녀가
이 세상에 어울릴 걸 깜박 잊고서
제 혼자의 생각에 잠시 기울자
뻣뻣한 송장이 되어 쓰러져 누워
하느님이 주시는 벌로 이 세상에 넘겨져서
어떤 왕의 따님으로 태어났어요.

그러나 그녀의 마음속에선
그녀의 본고향인 하늘을 그리는
그 마음이 언제나 솟아 나와서
그녀가 시집갈 나이가 되자
"내가 전생에 하늘에서 무엇이었던가를
잘 알아맞히는 사내가 아니면
시집은 안 간다"고 주장하게 됐어요.
자기가 어느 하늘에서 무얼 하고 살았는지
그것만이 너무나도 그립기만 해서요.

그래 이 말을 전해 들은 어느 수단 좋은 녀석이
행복의 여신 락슈미를 찾아가서
수단껏 사정사정 다한 결과로
그 왕녀가 전생에 춤추던 쪽 하늘을
잠깐 동안 다녀서 왔었는데요.

"가보니 이렇고 이렇습디다" 하고
그자가 그 사실을 왕녀에게 알려 드리어

왕녀에게도 그 전생의 기억이 되살아나자
그 자리에서 그만 왕녀는 죽고,
하늘의 그 춤의 선녀가 다시 살아났지요.

그래서 우리 난다데비 산 위의 하늘에서
그녀가 다시 추는 그 묘한 춤가락에 맞추어
이 세상의 신바람도 다시 살아났구요.

인도네시아의 산들의 소리

— 인도네시아 말을 전혀 모르는 내가 이곳 산 이름들을
외고 있다가 보니, 그것들이 우리 한국말로 아래와
비슷하게 들려와서 그걸 옮겨 적어 두는 바이다.

여자는 사내하고
잘 자 주어야만
콜라가 3병인데요.

힘주어 낳아서
가려 놓은 내 새끼는
인자隣子야 네가 갖다가 어째 버렸늬?

일본군이 쳐들어왔을 땐
옆집 곰보놈하고 도망치다가
붙잡혀 당하기도 하더니마는,

우리 소저 류자야, 너 어디로 갔늬?
우리 신랑 뎀포야, 너는 또 어디메냐?

오고 또 와서는

아 일본말로도 기다려 본다오.

"수마트라의 언니만큼은
부디부디 타락 마우."
보르네오의 동생
라야 올림.

한국 사람 귀에 들리는 이란의 산 이름들

구어먹세 쿠어먹세
길에서도 쿠어먹세
호르몬이 좋은고기
잘이쿠어 구어먹세

가르마가 이쁜이야
새곤지를 찍은이야
시르실실 쿠어먹세

구어먹세 동포님네!
구어먹세 내친구야!
구을것이 말고기면
말발굽도 잘구어서
토란하고 같이먹세

날아가는 새도굽세
알밴새도 구어먹세
냄새좋네 쿠어먹세

한국 사람 귀에 들리는 터키의 산 이름들
—어느 터키 창녀의 넋두리 조로

번쩍이는 삼일월도三日月刀 칼날에는요
정말로 혼났어!
몇 푼짜리 이 고생인지
한번 똑똑이 셈이나 해보게
수판을 다우.
수판을 다우.
아라랕 아라랕 아라랕 산에선
즈이만이라도 살아 보자고
식구들 데리고
배 타고 산을 오르던
새파랗게 질린 노아의 얼굴이 보이네.
전대錢袋를 배에 찬
핫산 씨를 나한테 안겨 주게.
당나귀에 밀가루 부대를 싣고 온
엘씨에스 씨도 주게.
이왕이면 무릇도 잘 고아서
한 사발 안겨 주게.
만 리에서는

어느 사이
새벽닭이 또 꼬끼오 우네.

신 아라비안나이트 서序

—한국 사람 귀에 들리는 아라비아 반도의 산 이름들의 인상을 중심으로

자발머리 있는
씨동자를 낳아서,
웃입술의 복숭아털 이쁜
암나비 같은
색시한테 장가를 보내
아조나 자발머리 좋은
으시둥이를 또 낳아서 길러 내야지.
그래 사막을 몇 달이건
낙타로 걸어
이스라엘의 가나안 복지에 가거든
시원한 메론참외도 몇 개씩 먹고,
모래 타는 곳에선
햇님께 기도도 좀 하고,
아버지 자발 라암 씨의 큰아들
자발 아따 이따크 씨는
서둘러 이빨도 닦구,
둘째 아들 자발 무바라크 씨와
딸 자발 나바 양은

그냥 공짜로 앉아

가만히 심심하게

놀으셔도 좋나니……

유럽 편

그리스의 파르나소스 산과 나의 대응
—달과, 라트무스 산자락에 잠들어 있는 양치기 청년 엔디미온의 사랑에 대해서

라트무스 산자락의 양치기 청년 엔디미온을
달의 여신 씨레네가 사랑해
그가 밤에 잠들어 있으면
그 머리맡에 다가와서
그 눈뚜껑과 입술에 입을 맞추고
또 맞추고, 맞추고,
그러다간 그 자는 얼굴이 너무나도 그리워서
드디어
그녀의 아버지인 신장神長 제우스에게 졸라
그 엔디미온을 항시 잠들어 있는 신으로 만들고,
그녀는 밤마다 그 자는 얼굴에 입을 맞추러
하늘에 떠온다는 그리스의 그 이야기가

그리스가 만든 이야기 중에서는
평화해서 제일 좋아 보인다고,
잔인한 창칼에 찔려 흐르는
불쌍한 피가 안 보여서 좋다고,
내가 그리스의 시詩의 산 파르나소스 보고 말했더니

그 산의 주신 푀부스 아폴로는

나를 그만 깡그리 무시해서 그러는지

아니면 얼떨떨 잘 들리지 않아 그러는지

그의 구식 기타 뤼라만을 둥둥거리고 있었고,

그의 졸개 아홉 명의 시신詩神 중에는

내게 반가운 얼굴을 보이는 자도 있긴 있었으나

그들의 그 너무나도 고혹적인 살의 아름다움 때문에

거기 묻혀 그 소리는

내게는 또 잘 들리지 않았네.

이탈리아의 산들이 하시는 말씀

은발의 도원수가
장미 같은 처녀하고 매우 좋아하매
아무렴
목동의 뿔피리도 이 사건을 불어서
이거야말로 극락이라고 했었지.
가장 좋은 시력視力이라고 했었지.

레바나 양과
아담엘로 씨는
이게 좋아 본따서
그들이 다 죽은 뒤에는
그들의 대리석 비문에까지
이 비슷한 의미를
비쳐 놓게도 했었지.

시칠리 섬의 에트나 양과
또 한 명의 위인과
어떤 무명씨는

"아마로! 아마로!" 하며
이게 제일 서럽다고 울기도 했지.

그러고 또
기사騎士 몬탈로 씨와
피렌체 쪽에 사는 아미아타 양은
끌어안고서
언제 폭발할는지 모르는 화산 베스비우스처럼
정염의 연기만을 뿜고 있었지.

프랑스 오베르뉴 지방의
산 쁘롱 뒤 깡딸의 속삭임

오베르뉴 지방의
치즈 맛을 아시는가?
그 치즈를 달아 파는
저울눈도
정말 볼 줄 아시는가?

몽블랑 산의 힘으로도
온 프랑스의 미인들이 지닌
모든 보석의 값으로도
피레네 산맥의 고요한 푼수로도
이 묘한 맛의 바른 무게를
제대로 알아 잴 수는 없나니……

서반아의 산 몽까요의 잠언

잃고서 우는 것보단야
잊고서 춤추는 게 좋고,
죄 짓고 벌 받는 것보단야
죽도록 황소하고라도 싸우는 게 좋으이.

또드락 딱딱 또드락 딱딱
발바닥 장단의 훌라멩꼬 가락으로.
또레아 또레의 투우사의 솜씨로.

그러고는
귀여운 섬이나 하나 가졌으면 좋겠군.
망루와 성당과 불쇠주가 달린
이쁘장한 섬이나 하나.

어? 그러고는?
그거야 물론 가가대소지.
가가가가呵呵呵呵 가가가呵呵呵

가가가가呵呵呵呵 가가가呵呵呵
어디 한번 따라서 해보게.

포르투갈의 에스트렐라 산의
선녀께서 나오시어 말씀하기를

우리 포르투갈 사람들은요
들에 난 풀꽃만큼은
뻔하게 정직합니다.
그 대신
비밀이라는 걸
마음속에 끼리곤 견디지 못해
그걸 다 털어놓는 바람에
좀 수다스럽죠.

어떤 약혼한 총각이 제 아내 가음의
비밀 지키기 능력을 시험해 보려고
"나는 암탉같이
하루에 꼭 한 개씩
알을 낳고 산단다.
하지만 이건 창피한 비밀이니
아무한테도 말하지 마라" 했는데요.

이 계집애는 이걸 감추어 두질 못하고

잠자리에서 어머니 귀에다 대고
이걸 다 털어놓고 말았지 뭐예요.
그나마
그 신랑 가음이 말한 알의 수를
자랑삼아서
하나 더 늘려 둘로 해 가지고요.

그랬더니요
그 어머니는 또 그 남편에게
그 알을 세 개로 해서 알려 드리고,
그 남편은 또 선술집에 가 친구들한테
그 수를 더 불려서 말씀하시고,
그래서는 이 소문이 마을을 한 바퀴 도는 동안에
그 알의 수효는 자그마치 백 개가 됐어요.

그리해서 이 기별이 임금님 귀에 들어가자
"닭장 지을 것 없이 거 잘되었다"고
그 총각을 궁으로 불러 들여갔는데

이게 모다 들통이 나자
총각은 그 계집애한테 장가를 들지 안해
이 계집애 조세파 양은
성인聖人들의 조상彫像에다가
철철이 입혀 드리는
옷이나 꿰매고 살게 됐지요.

스위스의 산들의 말씀

장미꽃들 권리에 느낌이 생겨
아조 참한 피리 소리를 낳으니
알프스 산맥의 목동들이
이 곡조를 소뿔로 만든 각적角笛에 담아
양과 소를 몰고 다니는 데
써먹고 살아왔지.
그리하여 드디어는
독수리들을 달래어 쫓는
뿔피리의 곡조까지도 생겼었네.

젊은 색시가
늠름한 사내를 사랑해 끌어안으면
치명적이더라도 여기서는
발름(Balm)이라는 묘한 향풀 향내가 나고

그러면 한낮의 해는
반듯이 순은빛 좋은 이빨을 드러내 웃고,
거기 맞춰 들에서도 또

들피리가 반주를 하고,
신혼 반지같이 이쁘게 둥근 선의
산봉우리들도 나타나고 있었지.

악마 그런 것보다는
순박한 가정집들이 옹기종기 만들어지면서
못 믿을 사내가 혹시 생긴다 해도
그건 또 주두룩한 목적木笛을 불며
잘 전송해 보내 버렸지.

요렇게 해서
스위스는
불어로 말해서 땅드르(Tendre)라는
그 온유한 사랑의 정을 만들어 냈네.

독일 산들 이야기

옛날에
동독의 브록켄 산에 가는 사람은
짙은 안개 속에
자기의 양심의 본얼굴이
거울 속에서처럼 잘 솟아나는 걸 보았지요.

그래서
깨끗하게 살기를 좋아하던
어떤 사람은
여기서 그 맑은 본심의 얼굴을 비쳐 보고 있다가
하느님의 도움으로
휘크텔게비르게 산맥에 가서
눈에 덮여 하이얀 한 산봉우리가 되었고,

또 한 사람은
자연과 인심을 구경하고 떠도는 게 좋아서
그 얼굴로
방랑자의 수풀 속에

신선다히 이름도 없는 한 산으로 남았고,

또 한 사람은
이건 아조 자기뿐인 고집불통이었는데
그 본얼굴이 브록켄 산에 비치자
하느님은 그를 집어다가
여러 봉우리로 노나서
그 의미의 '쭉스피체'라는 이름을 붙여
그나마
오스트리아와의 국경에다가
앉혀 놓고 말았지요.

오스트리아의 산들에는

오스트리아의 산들에는
영원의 힘줄을 울린다는
큰 종소리의 종지기도 있고,

또한
무지無知한 야성野性의 정상頂上도 있고,

그러고는 그렇지 그렇지
날아가는 새들의 날개 소리며
달아나는 사슴들의 울음 소리며
목동의 뿔피리 소리며
그런 음악도 두루 다 있고

그러시고는 또
노자류로
성명도 필요 없다는
무명씨까지 다 있어요.

영국의 주봉 벤네비스가 어느 날 하신 이야기
—영국 산시 1

옛날에
스코틀랜드에
맵시 좋고 머리 좋은
토머스란 시인이 있었지?

아일든 산의 핸트리 언덕에서
신선 세상의 왕비를 만나
홀딱 반해 가지고
둘이서 어느 덤불 속 쑥구렁에 들어가
여러 날을 실컷 붙어서 지냈다고 하지.
그리고 헤어질 때 그녀는 토머스더러
"우리 둘이만 아는 이 비밀
한 가지만 빼놓고는
무엇이든 다 정말로 살아야 한다"고 그랬다고 하지.

그런데
그 뒤에 다시 토머스가
수풀 속에서

암수 두 마리의 사슴을 따라간 뒤론
영 아조 소식이 끊겼는데도

벤호프 산이 그저
"희망이 있다"고
한마디 했을 뿐,

올더 산의 오리목나무들은
그저 그 침묵만을 지키고,

코트휄 산에서는
"매해해해⋯⋯" 하는
염소 소리만 울려와서,

그 토머스의 귀추와 유죄 여부는
아직도 여전히 오리무중일쎄나.

웨일스 지방의 제1봉 스노우든이 말씀하기를
―영국 산시 2

나처럼
눈맞이 벙거지나 쓰고 다니는
수수한 유지有志들과
시인 딜런 토머스 같은
그 잠재의식까지도 인정이 많은
술꾼 촌놈들이 주류를 이루어서
우리 웨일스는
인심 하나만큼은
아쉬운 대로 괜찮으이.

아일랜드의 훤칠한 색시들의 산

여기 아일랜드에서는
마을의 이쁜 계집애들이
열대여섯 살만 되면
'훤칠한 색시들의 산'이라는 선경仙境으로
감쪽같이 유혹되어 가서는
되돌아오는 일은
거의 없다고 하네.
거기서는
무에 그리도 재미나는지
되돌아온 계집애는
백 명에 하나꼴도 안 된다 하네.

그래서
검은 층층계의 오석산을 넘어서
또 푸른 청석의 모롱들을 넘어서
잃은 계집애들을 찾는
밤의 횃불들은 불타 왔고,

제가 좋아하던 계집애를
그렇게 뺏긴 청소년들은
산속의 애먼 바윗돌만을
두 주먹으로 두들기고 다녔다 하네.

소와 말의 여물통을 만들어
끼니를 잇던 어떤 사내는
그렇게 그의 이쁜 딸을 잃고는
넋 나가서 굶주리다가 거지가 되어
남의 집의 먹고 남긴 찌끄러기를
구걸하고 다니다가 죽기도 했네.

그렇지만서두
무슨 수단으로
어떻게 꼬아서 훈련하고 있는 것인지
한번 간 계집애들은
돌아올 줄을 모르네.

스웨덴의 주봉 케브네카이세와의 대화

스웨덴의 주봉 케브네카이세에게
내가
"나는 자네들 나라의 창시자 오딘을 좋아하네.
호색적이고 변덕꾸러기고 애꾸눈이긴 하지만
그 시인다운 슬기를 좋아하네.
그가 매달려서 고행하며
스웨덴 최초의 그 신비 문자 '르네'를 만들어 냈다는
그 천지天地의 생명 나무—
그 큰 상수리나무도 좋아하네"
하고 말을 걸어 봤더니,
"그 상수리나무는 또
어디가 특별히 좋은가?"
하고 묻기에
"그건 그 세 개의 뿌리 중에서
그 한 개는 하늘에다 박고 있다는 게
독특하고 형이상학적이어서 그러네"
했다.

그러고는 내게 또 생각이 나서
"시베리아에 가면
집을 지을 때 그 기둥 하나는
하늘에다 박아 두어야만 한다고
지붕 위의 한쪽에다가
그걸 하나 더 세워 두었었다는데,
이것도 자네 선조들하고
비슷한 느낌이고 생각이었던 것 같군.
그 어느 쪽이 먼저 이 생각을 했을까?"
하고 물었더니,
케브네카이세는 한참 침묵한 뒤에
강도가 보통보다는 센
그 스웨덴의 미소로
깊은 주름살을 얼굴에 잘 드러내 보이며
"그야 아무려면 대순가" 하고
한마디를 더 보탰다.

노르웨이의 그리테르틴덴 산 쪽에서

1978년 여름 내 나이 아직도 예순세 살 때
노르웨이의 오슬로에서 베르겐 항까지를
나는 기차로 가고 있었는데,
노르웨이 서부의 산악 지대에 다다러서
내가
"여기 여자들은
토실토실 탐스럽고 실팍해서 좋군."
이렇게 마악 생각하고 있으려니까,

이곳의 주봉 그리테르틴덴 쪽에서 누가
"우리 산엔 이쁜 선녀 '트롤'이 많이 사네마는
하나 얻어 보시는 것이 어떻겠나?"
하는 소리를 보내 왔다.

그러고는 이어서 말씀하시기를
"여기 트롤 선녀들은
이쁘기도 쎄게는 이쁘려니와
힘들이 장사여서

무쇠를 주무르기도 묵 주무르듯 하지만
옛부터의 좋은 습관으로
남편 말씀만큼은 썩 잘 순종한다네.
다만 그 엉덩이에
꼬리를 아직도 하나씩 달고 있네만
어떤가? 그까짓 거야
비단 치마로 잘 가려서
숨기고 다니게 하면 되지 않겠나?"
하시는 것이었다.

물론 나는 그저
엉거주춤할밖에는 별수가 없었다.

핀란드의 할티아 산의 밀어

빨간 간덩이같이
뱀의 머리 위에 벼슬이 난 게 있지?
그걸 약으로 베어 먹으면
새들과 짐승들이 하는 말을
잘 알아듣게는 되지만,
사람들의 생각을 돌보지 않게 돼서
제 마누라하고도 의견이 엇갈리게 되고
결국은 헤어져야 하고
또 사람 세상에서
오래 살 수도 없이 되네.
주의하게.

그리고
깊은 산에 혼자 들어가서
회색 수염이 곱게 난 신선이나
그에 따른 사람들하고
같이 놀며 오래 이야기해서도 안 돼.
왜냐면

여기 시간 일 년은

인간 세상의 약 1280년이나 되고

또 여기서는 영 늙는 일도 없으니

거기 재미 붙여 한 달쯤만 지내다 돌아와도

그것은 우리네의 백 년도 더 되기 때문일세.

보통사람이거든

이것도 또 주의하게.

더구나 그리운 가족을 둔

사람은 말씀야.

러시아의 까즈베크 봉이 어느 날 하신 이야기

하늘에서 불을 훔쳐 사람들한테 준 죄로
러시아의 코카사스의 까즈베크 봉에서
두 다리에 족쇄를 차고
묶여 있던 프로메테우스를 아시겠지?

그가 뺑소니를 쳐서는
맨 처음 무엇이 되었는고 하니
묘하게는 참하게 이쁘고 냄새가 카아한
흙에 묻힌 쬐끄만 옥파가 하나 되었었는데,

고다음에는 또
대가리를 드러내고
씨익 웃고 있는
한 마리의 미꾸라지가 되었었지.

그러다가는
돈 돈 돈 돈 봐라의
부자도 되어 보고,

그게 싱거우면
돌도 되어 보고,

그러다가 세월이 지나
인민대중의 이름으로
공산주의가 유행하자
레닌의 이름으로
한동안은 승리도 했었는데,

자 요즈막의
고르바초프 이후에는
또
무엇을 어떻게 하며 나타날 것인지
두구두구 잘 지켜봐야만 되겠는데.

1990년 초여름 폴란드의 리씨 산과의 대화

내가 폴란드 사람들 말법을 빌려
리씨 산더러
"지글지글 타다 남은 말뚝 같던
자네들 가슴속의 한이
인제는 어느 만큼 나았는가?"
물었더니,

리씨 산도 역시
자기네 폴란드 말법으로
"글쎄.
아직은 손가락 끝으로
귓배기 뒤나 긁적긁적하고 있는 중일세"
한다.

그래 내가 또 그의 나라의 비유로
"겨자씨를 한 열 말
한꺼번에 쫘악 뿌리는 것 같은
시원한 일이 더 있어야만 되겠지?"

했더니,

"우리 폴란드 사람들의 행복 표현은
'달밤에 꽃밭에서 향내를 맡다간
재채기도 해보아야 한다'는 것이니
그쯤은 돼봐야 하지 않겠나"
하는 대답이었다.

헝가리의 케케스 산이 말씀하기를

이 나라에 기막힌 일이 생기면
누가 켜는 것인지 아스라한 바이얼린 소리가
내 산의 굴곡하는 선을 타고 흘러 나갔지.

평화하고 자유로워 살기 좋은 때가 오면
내 산에선 바이얼린의 무곡이 울려 나가
사람들을 기쁨에 춤추게 했지만,
악마들의 힘이 이 나라를 눌러서
어서 도망쳐 살라고
비곡悲曲과 둔주곡이 울려 나갈 때에는
사람들은 재빨리 피해 숨어서 살았지.

그래서 어느 때던가
그 악마들의 추적이 심했던 시절엔
'야노쉬 쵸르하'라는
도망의 명인이 다 생겨났는데,
그는 쫓기어 도망치다 정 다급하면
이곳의 정절貞節한 여인들이 머리를 빗던

그 빗을 뒤돌아보며 내던졌다고 하네.
그러면 그 빗에선 울창한 수풀이 생겨나서
그 악마들이 오는 길을 막았다고 해.
깨끗이 살려는 우리를
하늘이 이렇게까지 아껴 도우셨다는 이야기지.

야노쉬 쵸르하는 또
남의 눈에 안 뜨이게
숨는 데도 세계 제일의 명인이었는데,
어느 해 숨어 살러 인도 땅까지 들어갔을 때는
마침 거기 인도의 왕이
안 보이게 잘 숨기내기 판을 벌이고 있어서
거기서 당선까지도 하기도 했네.

우리 야노쉬는 처음
바닷속의 고래 배 속에 가 숨었다가
인도 공주의 혜안에 발각이 되자
다시 또 햇님의 등때기에 가 업디어 있다가

두 번째로 그녀에게 들통이 났는데
마지막에는
그 공주가 머리에 꽂은 장미꽃 속에
한 마리의 재빠른 벼룩이 되어 숨어서
끝까지 안 들키고 버티었기 때문에
그 상으로
그 인도 공주한테
장가까지 들기도 했었지.

이 세 번 숨기에서 다 발각되었더라면
제아무리 날고 기는 야노쉬라 하더래도
마지막 도망쳐 온 이 인도 땅에서는
그 모가지가 동강 날아날 판이었는데 말씀야.

그건 그렇구,
지금은
무에 좀 괜찮은 때가 왔다고 해서
사람들이 좀 더 편히 살아 보자고

무진 애들을 쓰고 있네만,
나 케케스 산에서도 인제부터는
서럽지 않은 바이얼린 소리를
더 많이 빚어냈으면 정말 좋겠네.

체코슬로바키아의 산
게를라코프카가 늘 하시는 이야기

하이얀 옛 성의 돌계단 위에서
하이얀 머리털의 할아버지가
체코슬로바키아의 낡은 바이얼린으로
서럽고도 아름다운 곡조를 켜면

하이얀 머리털의 할머니께선
성문 안 옹달샘의 물을 길어서
맑은 그릇에다 받쳐 들고서
하이얀 돌계단을 올라오고 있었지.

그러면 이 옛 성의 수풀에서는
올빼미가 두 눈알을 동그랗게 굴리고,
언덕 밑을 걸어가던 불사조는
그 부리를 진펄에다 문지르고 있었지.
그러고는 진펄하고 마조 보고 있었지.

유고의 산색시 비라에 대해서
—유고슬라비아의 산 트리글랍과의 대화

나
"유고의 산들에는
멋지고 이쁜 산색시 '비라'들이 산다면서?"

트리글랍
"달빛이 처량하게 밝은 밤에는
목동의 피리 소리에 맞추어서
아조 썩 춤도 잘 추고
늙을 줄도 모르고……"

나
"야 그건 선녀로군 선녀야.
그래
마을 사내들하고 눈이 맞아서
잘 지내기도 하는가?"

트리글랍
"글쎄.

잠시라면 몰라도
오래 함께 살기는 아마 어려울걸세.
왜냐면 말씀야
이 산의 비라들이 쇠약해서 눈이 침침해지면
눈 밝은 사내들의 눈 기운을 빼다가 말이야
가장 달빛이 밝은 산의
전나무 밑에 모아 두고 말이야
그 힘으로 앞을 잘 보고 지낸다니 말이야.
우리네하고는 가끔 춤은 같이 추지만
정 다 주고 상대할 수는 없는 여자들일세."

나
"아 그것 참 딴은 그렇겠네.
남편의 눈총까지 흐리게 해놓고는
저만 눈이 밝아 밤잠도 안 자면서
딴 사내나 말똥말똥 생각한다면
아닌 게 아니라
그것도 질색은 질색일 거니까……

그런 것까지 다 너그러이 보아 줄
아량 있는 심미관이라도 갖기 전엔 말이지."

불가리아의 주봉 무살라에
떠오른 해의 여신과의 대화

나
"그리스의 올림포스 산보다도 한 등 높은
이 무살라 산에서
햇님 노릇 하시기가 영광이시겠습니다.
그런데
당신의 이웃 나라 그리스의 햇님은
아폴로라는 사나이신데
당신은 어떻게 한 공주님의 신분으로
이 막중한 햇님 노릇을 맡아 하시게 되셨는지?"

해의 여신
"그 아폴로가 사내라 아무래도 거칠어서
실수가 많아서요.
우리나라에서는 얌전한 여자를 골라
맡기게 된 거지요."

나
"그러신데 언젠가 여신께서는

깡패들을 만나 경을 치고 계시다가
어떤 용감한 양치기 청년한테 구원도 받았다면서요?”

해의 여신
“.........................”

나
“아무래도 여자로서 햇님 노릇을 잘해 내기는
좀 어려울 것 같은데?”

해의 여신
“아 어떤 왕의 따님은
금화 한 닢씩을 받고
점잖게 날마다
사내들의 친구 노릇도 하고 지냈는데
뭐얼 그러세요?”

나
"아 그러셨나요.
아 여기 와 살면
심심치 않아서 괜찮겠군요."

해의 여신
"그 그러면요.
미당께서는 술은 좋아하시지만
호텔로 식당으로 주막으로
이리저리 쏘아다니는 것은
귀찮아 하시는 줄로 아는데
우리나라에 와서 지내 보시지요.
그 호텔과 식당과 주막을
모다 한 집 안에 차려 놓고 손님을 맞거든요.
정육점까지도 함께 차려 놓굽쇼."

나
"네 그건 확실히 편리하겠네요."

해의 여신

"분명히 마음에 드실 겁니다.

그나 그뿐인가요.

여기 여자들은

경우에 따라서는

짐을 실어 나르는 암탕나귀도 잘되고,

양귀비에 진배없는 미인으로

둔갑도 잘하고,

또 수수한 아내 가음으로도

무던하다고 하거든요."

루마니아의 몰도베아누 산에서

루마니아의 몰도베아누 산에서 누가
"먹는 빵이 제아무리 맛이 있어도
남의 나란 아무래도 고달프다네.
옥수수 무거리의 빵맛이라도
그리운 내 나라에 사는 게 좋네"
하고 노래를 부르고 있어서,

내가
"그 옥수수는 나와 내 아내도 참 좋아하네.
그런데 그걸 어느 만큼 좋아하시는지
그 말씀을 좀 들려주시겠나?" 했더니,

"우리는 그것이 땅에서 자라 오를 때부터
그 자라는 소리부터 사랑해 듣고,
죽을지도 모르는 피난길을 나설 때도
이 옥수수빵과 소금만은 갖고 나서네.
너무나한 고생살이에 못 견뎌 울 때에도
한쪽 눈으로만 울고

한쪽 눈으론 웃으며 이것을 먹네" 했다.

그래 내가 또
"고생살이를 꽤나 많이들 하신 모양인데
그 이야기나 좀 들려주시겠나?" 했더니,

"독수리들이 떼지어 달려들어
우리를 먹으려고 할 때에는
우리는 어깨 밑의 살과
허벅지 아래에 붙은 살
발바닥의 살까지도 서슴지 않고 잘라내
그 독수리들을 배 불리우기도 한다.
그렇지만
살 뜯긴 그 빈 자리는
언제나 우리의 새 기대로 채우고,
너무 좋아 두 눈깔이 옥파처럼 튀어나올
해방의 그날만을 기다리고 살았다" 했다.

"그럼 귀공들은 어떻게나 살고 싶으신가?"
하고 내가 마지막 물었더니,

"우리나라에서는
좋은 사람들을 꽃송이 형제라고 하고,
꽃송이들을 보고는
세례받은 애기들의 넋이라고 한다.
그러니 우리들도 그 꽃송이 형제들 같고자 한다.
나무로 만든 낫으로 풀을 베며 살던
옛날의 우리 어른들같이 말이다" 했다.

오세아니아 편

호주 남오스트레일리아 주의
우우드로프 산에서 한 초기 이민의 넋이 말씀하기를

옛날의 희랍 마케도니아의
오싸 산의 맛난 돌배 형제들만큼이라도
맛나게 한번 살아 보자고
영국 죄수들의 이민선을 타고 와서
호주라 코슈스코 산의 산자락에까지 갔었지마는
제일로 할 만한 건 여기서도 떠돌잇길뿐이어서
대 빅토리아 사막까지 와서는
우우드로프 밑에서
성경의 영생이나 억지로 익혔어요.

그러신데
이 나라 동북해의 산호초에서 가까운
댈림플 산 변두리가 살기 좋다고
내 아내가 새 남편을 얻어서 갈 때
의붓자식으로 데리고 간
내 아들 브루스가
나처럼 또 떠돌이로 떠나와서
깁슨 사막 근처에 가 머물렀네요.

그래서 또 그 씨를
이어 퍼트려 오고 있네요.
승거운 이야기를 해서 미안하지만
이것은 사실이어요.

호주령 파푸아뉴기니의 산들의 속삭임

독일인 빌헬름 군과
토종남 질루웨 군과
토종녀 방케타 양이
모여
승리를 한번 하여 보자고
영국 귀골 엘벗 에드워드 이름으로
판도를 한번 펴 보았는데요.
또한 토종녀 보자비와
그녀의 아버지도 참가하면서
이것은 정말 귀신이 꾸어 준 지혜라고 주장했어요.
"이래 뵈도 우리들의 욕망의 키만큼은
두루 다 7000피트 이상은 된다"
하구요.

뉴질랜드 산들의 말씀

쿠크 선장의 일파가
처음 여기를 노리어 왔을 때는
여기 토종 폴리네시안들은
그들의 안간힘으로
우리 타푸아에누쿠 산과
루아페후 산을 우러러
울고 불고 춤추며
꽤나 야단법석이었지만,

그 뒤에 허버트 목사님이 와서
산골 깊숙히까지 찾아다니며
성령강림제 같은 걸
공부시켜 맛 보이자
조금씩 그 찬란한 부겐베리아 꽃빛
화사한 웃음을 회복해 갔고,

그 뒤에 온 에그몬트 씨
테일러 씨

오웬 씨 등하고는
곧잘 어깨동무도 하고 다니더니,
인제는 벌써 두루 옛날마냥으로
웃으면서 춤도 잘 추게 되었어요.

하기는 폴리네시안에겐
슬픔과 기쁨의 차이는
손톱의 때만큼도
없는 것이긴 하지만요.

북아메리카 편

유콘, 노스웨스트 테리트리스 지방의 산들에서는
—캐나다 산시 1

존 F. 케네디의 넋이
은하수의 배를 타고
찾아가서 한때씩 사는
아조 싸늘하게는 맑은 곳이 있으니,
이것은
이 쌀랑하게 호젓한 신성神聖이 좋아
먼저 이 언저리에 와서 살고 있었던
로건 경과 루카니아 여사 부부가
초청한 것이다.
그리고 여기에는
포수에게 잡혀 가죽 벗겨지기가 싫은
여우도 한 마리 끼어들어 사는데,
이들의 수문장은
톰스톤 원수元帥로서
최고조로 잘 지킨다.
그리고 또 저만큼의
더 험하게 치운 황야에서는
제임스 맥브라이언 경이

에스키모 여자
에두니와 살고 있으나
이건 어떤 고요한 신성 때문인지
아직 잘 모르겠다.

브리티쉬 콜롬비아 지방의 산들의 농담 일석一席

—캐나다 산시 2

A그룹의 발언자
"첫째로
우리의 보스는
안 춥게 두두룩히 잘 입은
웨딩튼 씨나
무얼 잘 걸머잡는
롭슨 씨가 좋지 않겠나?"

B그룹의 발언자
"내 생각은 그게 아냐.
엘리자베스 여왕께서
알렉산더 대왕 같은 사람하고
잘 수교만 해주신다면
나는 면도 주머니를 받들어 들고
아침마다 뵈오러 다닐까 해.
쥐들도
갈채를 해줄 것이고,
일본 여자 죽은 귀신

타세꼬도 와서
금은 보석방을 차려줄 것이고,
오딘 신도
스칸디나비아에서 날아와
스키를 하며
쉿 쉿 하겠지."

C그룹의 발언자
"나는
좋은 순은의 왕좌에다가
내 딸년들 일곱 명을 두루
번갈아 앉히는 게 더 좋겠는데……"

D그룹의 발언자
"나더러 말씀하라면
이태리의 정말 애국자
가리발디 같은 아들을 낳아서
하다 못하면 북태평양에

상어 잡이로라도
내보내 보겠네."

E그룹의 발언자
"그 무엇보다도
우리네의 마음의 한가운데엔
역시나
윈스턴 처칠 경을 모시는 게 좋으이.
고 예쁜 사슴이 새끼 코 같은
처칠의 그 코라야만 돼.
그래야만 마음이 편안해."

새스카치원 지방에서 뉴화운드랜드
지방까지의 산들이 무심코 소근대는 이야기
—캐나다 산시 3

싸이프러스 나무들 언덕을 지나서
얼룩말 같은 별봉別峯을 지나서
하늘도 안 보이는 칙칙한 수풀을 지나서
나타난
대머리의 붉은 숫사슴이가
누구의 어깨에 걸터타고
달려가는 바람에
어느 무명씨가
신이 나서 열을 올려서
이 고장의 정상이 되었다는 이야기.
그리고 또
미건틱이란 사람이
오퍼드 씨와 윌프리드 경 앞에서
괜히 되게는 와들와들 떠는 바람에
뉴브란스위크의 칼튼 씨는
머리털이 다 빠져 버렸고
이게
노버스코셔의 바닷가의

낭떠러지를 지나서도
연송 울리어서
뉴화운드랜드에 가서는
얼굴이 파랗게 질린
루이스 씨에게
진짜 고독을 알게 했다는 이야긴데,
이 이유는
여기 사람들한테 물어 보아도
잘 모를 것이다.

알래스카 산들의 암시
— 미국 산시 1

꽁꽁 얼어드는 맑은 공기에는
성 엘리아스의 넋이나 하나 겨우 견딜까

색골 놈들은 왔다가
마른 풀 시들듯 쓰러져 눕고

영국의 챔버린 씨
아라사의 파브로프 씨 등도
오긴 왔지만
무명산에 제 이름이나 하나씩 붙여 놓곤
빵소니쳐 버렸다.

으스스한 요마妖魔의 손이 뻗쳐오는 그늘에는
누가 어떻게 갖다 놓은 것인지
제정 러시아의 여제 에카테리나가 쓰던
바늘이 하나 놓여 얼어붙어 있고,

또 한 아라사 인

마쿠신이 갖고 왔던 하프도
얼어붙었으니,
마쿠신아 너는 지금은
밤하늘의 하프 좌의 별자리에서나
겨우 이것을 퉁기고 있느냐?

또 하나의 아라사 사내
코로빈 씨는 틀림없이
한 마리의 늑대가 됐고

투투탈락이라는 에스키모 인디언이
무슨 국인지 묘한 국을 끓이던 자리 위엔
혹독한 구름만 한 덩이
얼어서 놓여 있다.

하와이 주, 오아후 섬의 푸우카레나 산의 산신녀의 시
—미국 산시 2

태평양 바다가 고요하게 맑아진 날에는
오아후 섬의 푸우카레나 산의 산신녀가 나와서
웬일인지, 뜸북뜸북 논에서 우는
뜸북이의 다홍빛 벼슬만을 보고 있다.
항시 열일곱짜리 토실한 얼굴로
사랑니 갓으로는 옛날 유행의
금이빨이도 죄끔 묻혀 가지고 웃으며
'그립다'고 이심전심의 텔레파시로
마음속으로만 혼자 살포시 중얼거리고 있다.
물논의 벼포기 사이에서 우는
뜸북이의 벼슬에 불이 댕겨서
자꾸자꾸 더 붉어져만 갈 때에는……

워싱턴 주의 다이아몬드 산이 말씀하기를
—미국 산시 3

비 오시는 날은
아담 댁에서 굽는 빵이
가장 맛이 좋대나.

그래 그 빵 맛으로
맑은 밤이면
노다지 산의
인디언 숙선 씨와
백인 로건
재크 씨는
은빛 별들도 되고,

한가한 낮에는
엘도라도 산의
라고 씨와
후두 씨는
순純 바람이 되어 노시기도 하는데,

비단같이 이쁜
길버트 씨와
그리스의 올림포스 산에서 이민 온
2세 산신은
이제는 차라리 엉터리 노릇이
가장 여유가 있어 좋다는군.

에잇 고놈의 것!
눈나라 임금님도
앤더슨 씨도
여기 놀러온 나폴레옹의 넋도
치부를 한바탕 하기 위해선
구리쇠 광산의 별봉도 되는데,

눈 오시는 봉우리들에서는
만신녀들도 거동해 오고 해서

나 다이아몬드는

할 수 없이 겸손해
잿빛이 되어 가지고
방 아랫목에 들어앉아
옛이야기나 시작일세.

오리간 주 산들의 시
—미국 산시 4

미남 제퍼슨 씨와
세 자매 중의 큰언니에게만
겸상밥을 내다 주니까
가운데와 셋째는
인디언 싸카자웨아 씨와
노루한테 가 노네.

고집 센 매크로린 군과
딜슨 군은
그만 산골 물 되어 흐르다가
별봉이 되시는데,

딸기밭 딸기들과
외로운 스코트 경은
너무나도 외로워서
다이아몬드가 되어 박히고

아직도 남은

옛마을의 학들은
바다를 건너갈 뱃머리의
용골이나 되기를 지망하네.

뿔사슴이와
사시나무 수풀과
산감자는 말하네
"아이 시여! 아이 시여!
이빨이 시여!"

파수꾼과
폴리나 양은
눈이 맞아서
들소같이 달아나다가
바위가 되고

세 손가락잡이 재크 군은
재 날리는 언덕이 되고,

대머리 사나이와
예낙스 여사는
엉덩이로만 노시는데,
회색 머리털
뒤로 길러 내려트린
아조 눈 큰 인디언이
별스럽게는 엿보네.

스페인종의 사나이와
그 전의 왕과
또 하나의 대머리는
특별히
아리따운
도화심桃花心 목제의
짐차 바퀴도 되고

또 한 별봉의 햄프튼 경은
영 수수께끼가 돼버렸는데,

소나무 밑
수녀원의 원장수녀께서는
그만
고 예쁜 산딸기 다 되시었네.
만세!

아이다호 주의 주봉 보라가 하시는 이야기
—미국 산시 5

옛날에 대단한 폭풍이 몰려와
세상에 바늘이란 바늘까지도
모조리 다 휩쓸어 가버리자
이곳 아이다호 여자들은
사슴이 뿔로도
옷을 꿰매 입었었느니라.

그게 좋아서 그랬는지
트로이의 미남 왕자
스파르타의 절색 헬레나의 연인
파리스의 귀신도
마음을 고쳐먹고
여기로 옮겨 와서
지금은 대머리가 다 되어
지내고 있느니라.

스페인의 어느 선장 녀석은
바다에서 배 타는 걸 치우고

여기 와서 순록 목장을 하다가
마침내는 저도 그만 순록이 되었고,

흑송 수풀이 한동안
중앙 정부가 되자
북녘 제일의 게으름뱅이가 와서
황소들이 건너는 냇물이 되었고,

깜둥이 조지 스티븐스라는 청년은
어디서 배웠는지
옛날 중국의 소부巢父 허유許由 식으로
이 여울에 해질 때마다 나와서는
"더러운 걸 다 들었네 쩝쩝" 하며
더러운 걸 들은 귀를 씻고 지내느니라.

몬타나 주의 산중 인상
—미국 산시 6

들소와
사슴이와
검은 매가트니 씨가
함께
똑딱선 나룻배로
뱃삯 동전을 더 벌러 나가시면

수오 족의 인디언은
일리노이스 주를 향해
사파이어가 박힌
바위를 굴리며
걸어가시었도다.
걸어가시었도다.
날마닥 날마닥
걸어가시었도다.

그리하여서 해 질 녘이 되어서
산그늘에 사슴이가 점점점 검어져 가면

스팀슨 씨와 스타인 군과 이디스 양도
점점점점 가마귀가 되어 갔도다.

와이오밍 산중
—미국 산시 7

산
산
산
산
산 바라고
산 오르고
산 내리고
산 다루어 내기에
프랭크의 식구들은
도마뱀 대가리들이 되고
로버트의 식구들은
와사키 인디언의 바늘들같이 되었네.

대서양 쪽에서 이사해 온
크로스비 씨댁
매서 씨댁
카터 씨댁은
두루두루

산골 신선 물에 송어들인데

존 F. 케네디 씨가 아닌
인디언 케네디 씨가
인생은 무명씨가 한결 맛이 좋다고
무명씨로 고쳐서 새로 사시니
이걸 본 구식 나루 사공 하나도
본떠서 그렇게 하고,
스팀보트 사공도 둘이나 또 그렇게 하고,
진흙밭 속의 생일꾼 하나도 또 그렇게 했네.

그 옆에서
맥더글 씨와
해즐튼 씨는
참한 쑥돌이 됐으며,
홈스 씨는
그만 민둥한
대머리의 종소리가 되어 뻐렸네.

그러나 아직도 유치한

쉐리던 씨와

인디언 라라미 부인은

그저 함께 햇빛 목욕만 즐기러 왔고,

이자벨 여사도 역시나 유치해서

말 많은 그녀의 남편을 데리고

사내 사냥을 하러 왔는데

그 남편은 여기서도 너무나 말이 많아서

그걸로 나날이 머리털이 빠져서

심한 대머리가 되어 버렸지.

이 와이오밍에서

그 누구보다도

실속을 차린 건

수오 인디언의 언덕의

산토끼들 본고장의

인디언 여인 '이년 카라'니,

그녀는 호박을 한 산 그뜩 가꾸어

호박의 별봉의 주인마님이 되었었는데,
저승에 가서는
호박 세상의 여왕이 되셨다 하네.

콜로라도 산들의 이미지 초抄
—미국 산시 8

북쪽 어머니가 돌탑이 되시니
남쪽의 대머리 아들은
풀밭이 되었네.

바위가 갓다가 먹빛이 되면서
여자의 젖통들은
별봉으로 옮겨가서 살고

금강석들은
낚시질이나 하네.

기념으로는
옛날 시리아의 여왕
'지노비아'가 괜찮겠대나

환상의 여신 '마야'의 와대에
지노비아의 마노의 팔찌가 놓였네.

캘리포니아 산들의 동향
—미국 산시 9

휘트니 산과
백악白岳의
병풍 속에서

세스타 양과
핼프리스 씨와
리터 여사가
"발전하자!"고
맹세를 하네.
귤과
차바퀴쟁이들과
고고니오 신부님과
인디언의 후손 이뇨 양은
두루 망원경을 드시고,

높은 곳의
자유 씨와
화가 난 래슨 양은

고만 독수리가 되네.

로라 여사와
담프슨 씨와
피노스 군과
인디언 토로 군, 피유트 양은
각자의 이유로써
얼굴이 고만 빨개졌는데,

하늘에서 입찰해 온
금단의 샘물가에서
전나무가 관상을 보니

폐허의 비극 프리스튼 군이
장차는 시원한 샘물이 되겠고,
크레어몬트 양은
큰 소나무가 되겠고,

인디언 출신의 수재
쿠야마카 군과
재원 찬체룰라 양은
마침내 틀림없이
천체 망원경이 되겠네.

네바다 사막의 산들 이야기
—미국 산시 10

포장마차 시절의 네바다 사막에서는
모리아 씨, 제퍼슨 씨, 찰스튼 씨가
그 마차 바퀴를 잘 만들어서 인기가 있었지.

그리고 북녘땅
셀 씨의 둥근 집
까치밥나무 저켠엔
아직도 사람들이 잘 모르는
네바다 루비의 보석산도 솟아서 있었지.

산속의 구멍 속에서는
트로이의 귀신들이 숨어 와 살며
오리들한테 물도 먹여 주었고,
이태리의 작곡가 베르디의 귀신과
스위스 매터호른 산의
귀신들도 함께 와서
아조 드문 장미화로 피어 있었지.

맥카피 씨와 쇼손 씨는
깊은 정분으로다가
마침내 함께
한 그루의 전나무가 되시고

모리 씨
캘러건 씨
로버트 씨
베키 씨 등은
잡초 여울 위에
별들이 되셨지.

토빈 씨와
그의 염소는
또 그 정분으로 합해져서
한 개의 쑥돌이 되고,

맥그로더 경은 부득이

멀지 않아 말라붙어야 할
사막의 실개천이 되었으나,
셰익스피어 작의 리어왕의 귀신은
여기까정 와서도
그저 재수가 되게는 없었으며,

뿔염소와 짝이었던
아일랜드에서 온 사내는
일하면서 여러모로 생각해 본 나머지
그만 한 그루의 포도 넌출이나 되었으며,

희랍신화 속의 바다의 신
포세이돈의 삼지창도
여기까지 오긴 왔지만
불타는 개울에서 다 녹는 통에
사막의 원주민 계집애들의
구경거리만 되었지.

옛 인디언의 왕궁에서 키운
여우가
외바퀴의 손수레에 실리어 갈 때
마른 풀더미 밑에서
토하를 잡아먹고 있던
인디언 토하쿰 씨만큼은 그래도
마른 풀 동굴에 들어가서
한 송이 백년초 꽃으로 피어나긴 했지만,

모르몬교의
삼위일체까지도
여기 와서는
고양이나 잡수실
박하잎일 뿐

그래저래서
쇼손 씨와
맥컬로우 씨는

너무나 더워져서
마지막엔 드디어
뜨거운 온천수나 되었네.

유타 주 산들의 구성

—미국 산시 11

당당한 사랑 노래
울려 퍼져서
진펄에까지 닿으니

인디언 델라노, 이바파, 네보,
백인녀 엘렌,
백인남 마빈, 피넬,
또 인디언 나바호,
흑인 브라이언의
대가리들은

일천 개의 맑은 호수가 되네.

뒤튼 씨와
디저릿 부인은
하늘의 물병자리 별들의
벌판이 되고

나바호 인디언은
그 신호를 하는데

예쁜 새끼곰이
실개천을 건너네.

재크 군의 패거리와
일본 이름의 나오미 양은
인디언의 춤 후리스코요

조지 씨는 웬일인지
분홍빛 화강암인데,

성 라파엘의 혹은
없어졌다가
다시 쑥돌산이 되시고,

작은 사막들은

몽땅
노처녀님들 꺼라네.

애리조나 산봉우리들의 말씀
—미국 산시 12

햄프리스 씨가 머리털이 빠지면서
점점 대머리가 되어 가니,
그레이험 군과
인디언 나바호 님은
그만 무성히 푸른 풀밭이 되네.

지붕산의
밀러 씨
치리카후아 산의
라이트슨 씨는
저절로 자연 시인이신데

빌 윌리엄스 군은
레몬 열매가 되고,

옛 인디언의 왕좌 자리엔
또 한번 장미화가 딱 한 송이 피었네.
옛 이스라엘의 예언자 마이카의

귀신이 오시여서
인디언 후아라페이 여사를
마술하지 말라고
궤짝 속에 가두니
그녀는 곧장 들소가 되어
뛰쳐나가고,

코치세 머리 산
떡쪄먹기 봉우리에서
트람불이란 자가
마자찰 여인과 그 짓을 하니

바보키바리의 아파치 인디언들은
걷지 못하는 전나무들이 돼버리고,

고대 아즈테카 왕국종의
발이 짧은 사냥개들은
두루 나는 새 떼들이 되었네.

뉴멕시코 산들의 인상
—미국 산시 13

우마차 바퀴쟁이와
트루차스 씨
싼타페 신부님이
두루 대머리가 되니

백산白山의 테일러 씨와
성 안토니오도
그게 좋겠다고
하얀 냉수 같은
대머리가 되고,

남쪽의 대머리였던
성 베드로께선 한 걸음 더해
하늘빛다운
대머리가 되셨네.

그렇지만
알레그레스 씨와

만자노 씨만큼은
자기네가 우두머리이기만을 고집했고,

갈대밭 머리의
카리조 씨는
천리마가 되더니
다시
교미나 일삼는 잡초 되고 말았는데,

아스큐라 산장에서는
파웰 씨와
로린 씨가
성경의 소금이 되겠다고 하니
식객들이 너무나도 많이 모여서
주인 애니마스는
요리용의 한 자루 자귀 꼴이 되었네.

이곳으로 말하면

목재가 드문 곳이라서
성 안드레스와
후에르파노 씨는
장차의 항해를 위해
바위로 배를 만들고,

밴더빌트 씨는
아예 그만 피라밋이 돼 버렸네.

남북 다코타 산들 이야기
—미국 산시 14

백악이
사슴 사냥하는 걸 보고
서러워하시니,

하니 양과
테리 군은
죽은 사슴의 넋들을
가마귀 새끼로 해서라도
맡아 길러 보자고
까욱까욱 가마귀 소리를 하며
가마귀 둥어리를 치고,

카스터 씨와
쿨리지 여사께서는
아직도 산 사슴이들을 모아
공원을 차렸었지.
죽이지 말라고
공원을 차렸었지.

네브라스카 산들에서 나는 소리
—미국 산시 15

순 무명씨로서라도
승거웁게 가파른 돼지 등때기같이라도
화산 분화구의
바윗돌로서라도
살고 지고! 살고 지고! 살고 지고!

캔자스 주의 두 산이 빚는 이미지
—미국 산시 16

캔자스 주의 해바라기들은
때때로
외딴 섬을 에워싸고 도는
유람선들이 되어
캔자스 주를 섬으로 삼고
돌고 돌고 또 도네.
안녕하시냐고 인사를 하며
돌고 또다시 도네.

* 캔자스의 두 산이란 선플라워(Sunflower)와 라운드 마운드(Round Mound)이다.

오클라호마 산들의 선포

—미국 산시 17

사탕수숫대와

스카트 씨가

함께 왕으로 취임하셨나이다.

텍사스 산들의 구성
―미국 산시 18

과달루프의 성녀께서 나아오시어
"아 그 간이 맛이 좋다!"고
쬐끔만 더 달라고 하시매

백인 에모리 씨와
인디언 출신 치나티 군은
무슨 사상으론지
독수리가 되고,

흰 바위의 산봉우리들은
두루 성당이 되니

영생에 잠기신 티아고 성인의 소리는
깊고도 심각한 알토가 되었네.

미네소타 주의 산들
—미국 산시 19

허허어
저 사나운 독수리들이
송아지들이 되어
매애 매애 울면서
걸음마해 나오네요.

아이오아의 유일한 산
—미국 산시 20

아이오아 사람들은
옛날 중국의 노자처럼
무명無名을 좋아해서요
씨브리 촌 옆에
나지막한 산 하나 달랑 있는 것도
아직 이름도 붙이지 않고
그대로 놓아두었어요.

아캔서스 산들이 하시는 말씀
—미국 산시 21

곳간에 양식이 그득히 쌓여
우리 모다 부유스럼하오니
우리가 하는 일의 빛깔은 두루
저 푸른 하늘빛으로 하는 게 좋겠소이다.

위스콘신의 산에서는

—미국 산시 22

팀은
그의 언덕에 앉아
그의 갈비뼈를
그의 신부로 만들려고
나날이 줄로 갈고만 있나니……

인디애나 산들의 기원
—미국 산시 23

하느님이시여
비옵나니
우리를 늘 무명無名으로 하시고,
기워서 입은 옷처럼
뙈기 뙈기의 풀밭들을
우리들 둘레에 매양 있게만 하소서.

오하이오의 세 개의 산 이름이 유도하는 시청각

—미국 산시 24

개척민 시절의
천막촌의 종소리가
사탕수숫대와
말의 등에 울리던
그 옛날이 아직도
하늘에 잘 보이는 곳이여.

* 오하이오 주 세 개의 산이란 캠프벨 힐(Campbell Hill), 슈거 로우프(Sugar Loaf),
호스 백 납(Horse Back Knob)이다.

켄터키 산들의 인상
—미국 산시 25

깜정 산이라던가
흰 바위들이라던가
그런 이름밖에는
별로 내세우는 이름도 없는
수수한 켄터키에
켄터키 치킨 비스름하게 생긴
스티븐스 씨의 목 뒤의 토실한 혹이 하나.

테네시의 산들
—미국 산시 26

바다에 떠 있는
섬의 산봉우리같이 아슬한
명산 크링맨스돔의 산정에
스스로 기분 좋아 매달린
백작 각하가 하나
산당나무 혹만 같은데
태풍 힌치가
어디선가 노리며 엿보고 있어라.

미시시피 주의 우드올 산에서
—미국 산시 27

"우리는 모다 나무뿐이라오" 하는 이름의
240미터 높이의 언덕 하나밖엔
전부가 물이요 벌판뿐인
옛 인디언의 가나안 복지
미시시피 미시시피 미시시피.

하늘로 하늘로 흐르는
미시시피 강이여!

메인 산악지대 소묘
—미국 산시 28

캐터린 씨가
북쪽에서 고민을 하시겠다니

비젤로 군은
그럴 필요 없다고
시원하고 단
사탕수숫대가 되고,

말안장 위에
눈은 내리기만 하는데

하느님이 골라서 내보내시는
사슴이 또 한 마리 나와서 섰네.

뉴욕 주의 산들에서는
—미국 산시 29

마아시 씨

딕스 씨

그리고 인디언의 거인 싸타노니 씨가

모다 눈이 되어

내려 쌓이고 싶다고만 한다.

코네티컷 산들의 말씀
—미국 산시 30

어차피 가나안 복지에 들어왔으매
남쪽 풀언덕에서
과자도 철냄비에 익혀서 먹고
아무렴
대가리가 굵은 못같이라도
발 빼고 개울물도 건너 봐야지.

매사추세츠 산들에서 오는 이미지
—미국 산시 31

늙은 아내여
당신의 은빛 머릿단은 아직도
우리가 젊었을 적에
산허리에서 같이 추던 춤만 같구려.
희어져서 더 삼삼히 나타내고 있구려.
옛날의 쌍두마차를
또 한번
타보고 싶게 하시는구려.

펜실베니아의 산들에서는
—미국 산시 32

데이비스 씨가

그 마음속에다

좋은 하늘빛 혹을 하나 가지매

그 덕으로

카머 씨의 자작나무 수풀이

향기도 곱게

잘 자란다는 이야기

웨스트버지니아 산에서는

―미국 산시 33

전나무에
혹이 나오니
대머리 아저씨에게도
그게 나오고,
옛 터키 왕조의 크레용으로 그린 듯
스나이더 씨에게도
또 하나 나오고.

버지니아 산에서는
—미국 산시 34

로저스 씨가
부자가 되었다고 좀 뻐기니
곰들의 마을은
가난한 사람의 사과나무 동산이
더 좋다고 자랑해 얘기하고 있도다.

노스캐롤라이나 주의 산들이 빚는 이야기

—미국 산시 35

미첼 경이
영국에서
미국 노스캐롤라이나에 오시자
무슨 생각으론지
좋은 땅에 촌스럽게 피는
봉선화가 되시더니,
다시 높지막한
얼룩빼기 산모롱이 되고,
그러고는 할아버지가 되었다가
또다시
독수리들이 앉아서 자는
횃대가 되었구먼요.

멕시코의 영봉 씨트랄테페틀이 어느 날 하신 이야기

나 '씨트랄테페틀'이란 이름은
그게 별들의 산이라는 뜻이라
언제나 밤이면 하늘의 별들이
수십만 개씩 내려와 함께 비쳐 주어서
세상의 일은 대강은 다 알아 말씀이거니와

이 멕시코의 목숨들을 두루 만드신 햇님이
맨 처음 시험 삼아 만들어 본 한 쌍 남녀는
꼭 한국에 많은 그 까치 비스름해서
가슴패기와 배로부터 그 윗부분뿐이었고,
몸놀림이나 소리까지도 까치같이 생겼었네.
이것들이 새끼를 낳아 볼 마음이 생기면
그 수컷이 그 혓바닥을 암컷의 입에다 넣고
쑤석쑤석거리면 되었지.

이때는 꽃은 아직 없었고,
꽃 노릇을 대신하고 노는 것은
초록빛 도마뱀들이었었네.

그리고 타오르는 불빛의
제비들이 날아다녔네.

그러던 어느 날에
하늘의 구름 사이를 날아가던 큰 용 한 마리가
빛나는 검은 나비이자 돌이기도 한 것 하나를
가슴에 안고 내려오면서,
마침 무슨 일로 땅 위에 와서 있던
이쁜 여신 치마르만에게
활을 네 번을 내리 쏘아 댔는데,

그녀 머리를 향해 쏜 것은
그녀 머릿기운을 못 이겨 비끼어 가고,
그 다음 그녀 배를 향해 쏜 것은
또 그녀의 뱃기운을 못 이겨 비껴 가 버리고,
세 번째로 쏜 것은
그녀가 한 손으로 받아서 보기 좋게 꺾었고,
네 번째로 그녀 사타구니를 향해 쏜 것은

그녀 사타구니의 넘치는 힘 때문에
벌린 두 다리 사이로 빠져 나가 버리자,
비로소 그제서야
그 용은 히벌럭이 웃으며
그녀에게 엉겨붙어 애기를 배게 해
그 애가 생겨나자
그 이름을 '날으는 뱀'이라고 했었네.
왜 저 20세기 영국의 소설가
D.H. 로렌스가 쓴
이 이름의 장편소설도 있지 않는가?

다음은 그 날으는 뱀 ―즉 '케짜르코아틀'의 이야긴데,
그는 장성하자 이내 이곳 멕시코의 첫 황제가 되었고
또 하늘의 태양의 대제사장직도 겸하게 되었었지.

그런데 나보고 말하라면
그 케짜르코아틀이 한 일 가운데서도
가장 진한 일은

이 멕시코의 고 예쁜 처녀들을 갖다가
꽃이 햇빛을 그리워해서 피듯이
그 해가 그리워서 못 견디게 만들어 낸 일일세.
그리하여 처녀들의 그 붉은 심장까지도
그 햇님에게 바치고 살게 한 점일세.

그래
멕시코 시 근교의 테오티우아칸의
해의 피라밋의 제단에서는
그 해를 찬양하는
많은 처녀들의 가슴에서 도려낸
새빨간 날심장들이
단말마의 비명 속에 때때로 바쳐지지 않았나?
이거야말로 너무한다 싶어서
나도 이 광경만은 외면하고 지냈지만 말야.

그런데 그 뒤
꽤나 많은 세월이 지난 뒤의 어느 날 오후

문득 어떤 산 변두리의 느티나무 밑을 보아하니,
거기,
장사가 안 되어서 나른히 누워 쉬고 있는
너더댓 명의 소 장사들 틈에 가 끼어
그 케짜르코아틀이
나자빠져 있는 게 간신히 내 눈에 띄었네.
인제는 너무나 고단해서
내 다린지 남의 다린지조차
분간하기도 무척 힘이 드는구나,
그렇게 나직히 뇌까리고 있는 게
아스라히 바람결에 내 귀에 들렸네.

그러고 마지막으로 또 한 번 그를 본 것은
어느 언덕배기의 가시덤불 옆이었는데,
년석은—인제는 년석이라고 해도 되겠기에 말일세만
거기서 웬 빨간 수탉을 한 마리 가지고
모가지를 비틀어 죽이더니 털을 뜯고 있더군.
그러구는 가시덤불을 뜯어 불을 지피고,

숨겨온 냄비에 그 닭을 담아서
지글지글 끓이고 있더군.

넌석은 언젠가 가난한 농부의 딸한테
장가를 들어 새끼를 수두룩히 까고
먹을 것이 모자라 허리띠를 조르고 살다가
마지막엔 숫제 굶으며
저 먹을 걸 새끼들한테 노나 먹이고 지냈는데 말씀야.
너무나도 시장기가 지독하게 되자
마침내 남의 장닭 한 마리를 훔쳐 가지고는
아귀 같은 여편네와 새끼들 몰래
혼자 숨어서 먹어 보려고
이 외딴 언덕배기의 가시덤불 옆을 찾아
아무도 몰래 숨어들어 온 것이었네.

그런데
버글 버글 버글 버글
그 닭국이 잘 끓어서

뚜껑을 열고 마악 한 숟갈을 맛보려 하자
어디서 뚜벅 뚜벅 뚜벅 발짝소리가 나더니,
잘생긴 웬 사내 나그네가 바로 옆에 나타나서
"그 닭고기 참 맛이 좋겠다.
나도 좀 같이 먹어 볼까?
나로 말하면
사실은 자네 하느님일세."
하시는 것 아니겠나?

그러니까니
년석은 화를 발끈 내면서
"당신은 아마 서양 가톨릭의 그 하느님이겠지?
당신이 나한테 잘한 게 무엇이오?
자기한테 절 잘하는 사람들만 도와주고
내게는 지독한 굶주림만 안겨 주고선 뭘 그래?
그래 너무나도 배고픈 나머지
남의 닭 한 마리 슬쩍해 가지고
혼자서 실컷 먹어 보자고

겨우 요렇게 와서 있는데
이 닭고기를 같이 노나 먹자고 덤비니
당신 얌체 거 대단하시구랴!" 하고
한바탕을 퍼부어 대데.

그래 그 하느님이 그냥 가버리신 뒤에
넌석은 또다시 그 닭국에 숟갈을 대려고 했는데,
또 하나의 나그네가 또 그 옆으로 왔네.
그는 창백하고 뺏뺏 마르기는 했지만
위풍이 당당하고 단호하게 생겼더군.

이분이 다짜고짜로
"그 닭고기를 나하고 같이
노나 먹겠니? 못 노나 먹겠니?
나는 너를 데리러 온
저승의 사자니
어디 네 마음대로 한번 해보아!"
말씀하신 걸 보면

이분이야말로 녀석의 목숨을 거두러 온
염라대왕의 사자가 틀림없었는데,

녀석도 그걸 알아차리고는
겨우 마지못해
그 닭국 냄비를 송두리째 내놓으며
"살려 줍소사! 살려 줍소사!" 하더군.

그렇지만 그 저승에서 온 사자가
그 닭국을 얻어먹고
적당히 에누리를 해주었는지 어쩐지
그 뒤 소식은 안개에 가려져서
내 시력으로도 잘 보이지 않아
뭐라고 할 말이 없네.

서인도 제도의 산들의 속삭임

쿠바가
무에 들킬까 봐
진한 옛날 쪽빛으로
뭉클하게는 고민을 하니,

자메이카는
하염없는 사랑에
하늘빛으로
나이만 자시고,

아이티에서는
타고 다닐
말도 없는
안장만 만드시는데,

나폴레옹의
불길했던 전실前室
조세핀을 길러 낸

마르띠니끄의 마음은
대머리만 되어 가도다.

그러시고는
푸에르토 리코도
트리니닫 토바고도
목숨은 그저
그저 슴슴하게 건강한
상수리나무의
상수리 상수리 상수리로다.

트리니닫의
엘세로 델 아리포름 쪽에서
이 슴슴한 게 무엇인지 궁금해
해 질 녘마다
매양 엿보고 공부하러 날아드는
수만 마리씩의 홍학들의 춤이 있을 뿐.

남아메리카 편

에콰도르의 코토팍시 산이 어느 날 하신 말씀

남미 인디언의 하느님께서
말씀하시기를
"햇볕에
잘
닳아지면서
사는 게
좋다는 사람들은
여기 남고,
싫으면 저리 가거라" 하시매

그게 싫은 자들이
저리로 가니,
마귀의 돛단배가 들어와서는
그들의 가슴패기에 낙인을 눌러
종으로 부리게 되었었느니라.

콜롬비아의 주봉 크리스토발 콜론의 회고담

콜럼버스에게 발견된 뒤로
이 나라 사람들은
눈 속에 박힌 것처럼
사지를 못 쓰게 됐어요.
추장 토리마도 그랬구요.
추장 쿰발도 그랬구요.

그들은
담뱃갑 속에 든 것같이 되고,
젊은것들도
노인이 되고,

지랄하다가는
이마에 낙인 자신
말 신세가 됐지요.

'레바'라는 계집애 하나가
한동안은 멀쩡하더니

그것도 드디어는
사타구니 걸머쥐고
어디에론가
뺑소니를 치고 말았어요.

베네수엘라의 주봉 볼리바르의 어느 날의 넋두리

야 우리가
요만큼 사는 것도
이게 다
시몬 볼리바르 두령님 덕분 아니니?
첫째 내 이름부터 말이다.

요 산잣 까놓은 것만 같은
우리 계집애 네브리나야. 로레마야.
우리 머슴애 네구아따야. 뚜리미퀴레야.

느이들 장딴지 살 같은
산복숭아가 여물었구나.
한 아가리씩 먹어 보겠니?

이 먹보 같은 야비 놈아.
따마쿠아리 놈아.
이 쑥개떡 같은 두이다 년아.
오바나 년아.

페루의 산들의 의미

점잖으신 우아스카란 님도
으젓하신 예루파하 님도
늠름하신 오잔하테 님도
구 인디언식의 침묵뿐인데요.

오래 견딘 황야를 노래해 보자는
합창단이 나와서
묘한 가락을 소리 죽여 부르니

석가모니 부처님의 뿔난 토끼가 아니라
더 묘하게 생긴 쥐가 나와서
감동해 듣고,

딴딴이라는 희한한 종소리에 맞추어서
사나운 들소가 리드미컬하게 반추를 하는 옆에
메주 비스름한
과부 하나가
무념무상으로 앉아 있네요.

칠레, 라스카르 산의 회고담

서반아 군인들의 무지무지한 인디언 대학살이 일어났었지.
토실토실 예쁘장한 젊은 여자들만 남기고는
모조리 쏘아 죽이고 찔러 죽이고 있었지.
화산 아가리로 끌고 가서는
밧줄에 엮어 무더기로 집어넣고,
자청해서는 천둥벼락이라고 했지.

그러고는 프란시스코 성인이나
발렌틴 성인의 영혼더러
위로해 주라고 하고 있었지.

그런데,
남북 아메리카에서 여기가 이렇게 많이
떼죽음을 당한 데에는
이유가 있었네.
왜냐면
여기가 아조 살기 좋은 곳이기 때문이었네.

천국의 골짜기라는 항구가 있을 정도로
살기가 좋은 곳이라서
인디언들이 평안히 늘어져서 안심했기 때문이었어.
인생은 평안히 안심만 해서도 안 되는 것인데 말야.

아르헨티나의 보네테 산이 어느 날 귀띔해 주신 말씀

옛날 남미의 하느님께서
여기 아르헨티나에는
아콩카과 一'돌 보초'라는
무심한 산신령만 하나
우뚝 세워 놓으시니,

서반아 인들이 쳐들어와 짓이기며
한탕씩 잘 해먹거나 말거나,

온 나라가 몽땅
무인지경이 되거나 말거나,

사람들의 숨소리가
들리거나 말거나,

신부神父들의 모자가
가끔 눈에 뜨이거나 말거나,

서반아에서 가지고 온 그 가가대소가
이미 김이 빠졌거나 말거나

무엇이
어떻게
되었거나 말거나,

아콩카과—그 무심한 산신령은
하나도 실감치를 못하고 왔도다.

브라질의 태양산의 신령께서 하소연하시기를

나는 명실공히
브라질의 해의 신 바로 그 양반일세만은
이 나라는 햇빛이 너무나도 더운 곳이라
한더위엔 누구나 다 나를 싫어해서
내가 늘 이곳 사람들한테 베푸는
많은 공로도 다 무시당하고,
이곳의 높은 산 일곱 개 중에서도
경우 그 제5등의 자리를 차지해
나지막히 앉아 사는 신세가 되었네.

요로코롬 이 몸이 깔보이는 바람에
북쪽에서 가끔 날아와
내 산 위에 한때씩 앉아 쉬어서 가던
기러기란 놈이 다
밤길의 플래시용으로나 쓰겠다고
나를 훔쳐서
제 등때기 속의 주머니에다가
집어넣어 가지고 다니기까지 했지.

정말 참 말씀이 아니었네.

그래서 이곳 사람들은
올가미를 여러 개 꾸미어 놓고
삼바춤을 추면서
이 기러기를 몰아
옭아 잡아 죽이고
이 몸을 되찾아내 차지하긴 했지만,

이내 팔자가
바람난 암무당년의
공방空房 든 서방 같기사
예나 이제나 매한가질세. 후유……

아프리카 편

이집트 사막의 다섯 개의 산에서 나는 소리

우리 이집트 사람들은
내장을 송두리째 빼내고
그 나머지만을 미이라로 말려 두어도
살아나자면
몇천 년이 지난 뒤에도
곧잘 살아난다는 것은
잘 들어서 아시겠지?

거기서 빼어낸 심장도
어느 언덕배기의 소나무 위에건 던져 두었다가
오랜 세월 뒤에 집어내
물속에 담그면
또다시 살아나 움직이었고,

비록 무슨 해괴한 인연으로
소가 된 것을
칼로 목을 쳐서 죽인다 해도
그 피 한 방울이 튀어 가서

어느 산 나무에 가 묻으면
그 나무 속에 스며들어가
또 죽지 않고 살았었느니라.

그런데
고 클레오파트라란 계집이
잡것이 로마의 장군 케사르에 붙고,
안토니우스에 붙고,
꽃바구니 속에 독사를 숨겨 들여
제 젖통을 물려 아조 뒈진 뒤로는,
이 이집트적 불사不死의 힘이
영영 끊어져 버리고 만 것이다.

그래서 우리는 할 수 없이 차선책으로
유럽의 핏줄을 이은 여자이긴 하지만
까뜨리나를 우리 시나이 반도에다 모셔 앉히고
그 자발머리 있다는 그 까뜨리나를 모셔 앉히고
매양 이어서 빌고 빌고 있는 것이다.

"제발 자발머리 좋은 씨만 낳아다오.
왜 못 낳겠니? 어째서 못 낳겠니?
자발머리 있는 것이 어디 남한테 지데?
남한테 지지 않는 놈을 낳아다오."

세계 제일의 우리 나일 강이
깡그리 다 말라붙는 날까지는
우리는 이렇게 모래 위에 엎디어
당부하고 또 당부할 것이다.

모로코의 아틀라스 산맥의 주봉 투브칼에게

이 천지의 만물 가운데서는
가장 어리석게 고단한
아틀라스여.
그 무거운 그리스의 하늘을
그 옛날부터 지금까지
두 어깨로 항시 떠받들고 서 있기가
그 얼마나 고단하신가?

우리 한국 말씀으로 말씀하자면
자네는 이제는 벌써
두부를 잘라 먹는 칼만큼한 재주도
제대로는 잘 못 부리게 된 것만 같네그려.

아틀라스여 아틀라스여
고지식키만 한 아틀라스여

저 올림픽의 창시자 헤라클레스가
어느 권세가의 심부름꾼이 되어

자네 딸이 지키는 금단의 과수원으로
천국의 금빛 능금을 얻으러 왔을 때,
자네가 그 능금을 따 가지고 오는 동안
그 헤라클레스에게
하늘을 자네 대신 떠받들고 있게 한 것은
자네 고단한 팔자를
아조 고칠 기회이기도 했었는데,

어찌하여 그 헤라클레스에게서
다시 또 옮겨 받아 맡아 버리고 말았는가?

할 수 없네 아틀라스여.
자네가 동양사상이라도 새로 배워서
'자각한 사람에게는 하늘이 무거운 짐이 아니라'는 걸
깨닫기라도 하기까지는
자네 그 따분한 팔자를
누가 어떻게 하겠나?

에티오피아의 주봉 라스다센테라라 산이 말씀하기를

이 나라의 국조國祖가
솔로몬 왕의 아들 메네리크 1세 폐하라는 건 아시지?
삼천 년 전에 시바의 여왕이
이스라엘의 솔로몬 왕한테 홀딱 반해서
자기라는 걸 깡그리 잊고
달라들어 붙어서 낳은 아이
그 메네리크 말씀야.

그래 그렇게 얼떨떨하게 만들어진 사람의
자손이라서 그런지,
아니면 내가 주봉인 우리 호랑이 산맥의
호랑이들이 무서워서
기겁하다가 보니 그리된 것인지,
여기 사람들은 자주 깜빡
그 자기라는 걸 잘 잊어버리네.

어느 날은
내 산 밑의 어느 마을에서

열두 명의 장정들이
언덕 넘어 방앗간으로
밀가루를 빻으러
밀을 한 부대씩 등에 메고 가서
그걸 잘 빻아 가지고 돌아왔는데 말야.
돌아와서 그들의 수를 서로 세어 보니
아무래도 열한 명밖엔 안 된단 말이야.
모두 다 얼떨김에
자기를 세는 것을 깜빡 까먹어 버린 것이지.
그래서 그 없어진 하나는
도중에서 호식虎食이 된 걸로 간주했었네.

그런데 이 자리에
햇볕 속의 별장이같이 생긴
쬐끄만 계집애 하나가 나와서 세어 보니
사람도 열두 명, 밀 부대도 열두 개여서
그걸 세게 주장해
그 주장에 온 마을 사람들이 나와

또 세어 본 결과
그게 열둘이라는 것이 분명해졌네.

그리하여 비로소 밀 빻아 온 사내들도
자기들 수효가 열둘이라는 것을
받아들이지 않을 수는 없었지만,
그래도 마음속으로는
'그 호식당해 간 줄로 알았던 놈이
용하게는 살아와서
감쪽같이 어느 사이에
끼어든 모양이로구나!'
생각하지 않을 수는 없었네.

언제나 사람들의 수를 셀 때에는
반드시 자기도 집어 넣어서
세야 할 걸 고걸 깜빡 잊어먹고 말씀야.

카메룬 나라의 카메룬 산이 어느 날 하신 이야기

사하라 사막 남쪽의 아프리카 서해안에서는
제일로 키가 크신 이 몸이
어느 유난히도 화창한 봄날에
기분이 좋아서 눈을 주어 두루 살펴보노라니,
본데이 족 마을의 한 늙은 홀몸의 과부가
팔아서 요기할 땔나무를 애써서 베어
모으고 있었는데
그녀 옆에 서 있던 '무시와'라는 꽃나무는
그녀가 불쌍해서 자비심을 일으켜
꽃송이 송이마다
눈물을 글썽거리고 있더군.

그러다간 그녀를 돕기로 결정하고,
그 꽃송이 여남은 개를
총각 처녀로 둔갑시켜
양자녀를 자원해 따라가게 하더군.
자네 이런 이야기 들어 본 일 없겠지?

하여간에 그리하여
이 꽃송이의 양자녀들은 그 뒤
손이 발이 되게 열심히 열심히 일을 하고
그 덕으로 그 늙은 홀어미는 팔자를 고쳐서
온 집안이 화목하고 잘살게 되었는데,

그 양녀들 가운데에는
오직 단 하나
어린것이 끼여와 살고 있어서
식때가 되면
밥 달라고 떼쓰고,
무에 비위에 안 맞는다고
울고불고하는 통에
이 애를 맡아보던 그 할망구가
어느 날은 화가 나서 무심결에
"요년 요 빌어먹을 년!
네 어미 무시와한테로 어서 썩 꺼져 뻐려라!"
몇 마디를 내뱉었더니

바로 이때로부터 영영
이 어린 계집애는 물론
그 애의 언니와 오빠들까지
모조리 이 할망구 옆을 떠나고 말아,
그 뒤
이 늙은 할미는
늘 굶주리고 고생하다가 죽었네.

카메룬 나라의 카메룬 산이 두 번째로 하신 이야기

우리 카메룬 나라의 어느 어머님께서
죽은 외아들 무덤 위의 풀을 베어 주다가
흰개미가 갉아먹다 남긴
억새풀 줄기에 손가락을 상해서
그 손을 한번 되게 뻗쳐 본 것이
거기서 퉁겨난 핏방울 하나가
마침 그 언저리서 조을고 있던
한 마리의 왕파리 눈에 가 들어박혔네.

그래 그 왕파리가 크게 놀라서
무작정 쏜살같이 날아가다가
그 어디메 걸려 있던 북에 부닥쳐
그만 그 북을 두웅 울리고 말았네.

그러하신데
이때엔 마침
향기 좋은 사향내를 풍기는
사향고양이 한 마리가 병들어 누워 있던 판이라

이 사향고양이의 이웃인 긴꼬리원숭이는
이 북소리를 갖다가
그 사향고양이의 죽음을 알리는 소리로 알고
죽음이 무서워서 재빨리 달아나다가
지오 나무의 큰 열매를 세게 건드려
때문에 그 열매가 떨어지게 됐는데,
쫌맞게도 이때에 마침 그 밑을 지나가던
코끼리 등에 가서 아프게 떨어지는 바람에
코끼리가 또 우악스럽게 뛰기 시작해
그 무거운 무게의 그 코끼리 발에
어느 거북이 한 마리가
짓밟히고 말았네.

그래 그 너무나한 코끼리의 무게에 못 이겨
거북이가 뜨거운 불똥을 휘익 갈겨대는 바람에
그 불이 온 벌판에 붙어 번지어
불바다가 되면서
그 벌판의 검은 개미들이 낳아 놓은

알들을 모조리 태워 버리고 말았네.

그래서
그 알들의 떼죽음을 당한 검은 개미는
그렇게 한 그 불을 찾아가서 말하기를
"왜 그랬느냐?! 내 알들을 살려 내라!"고 했지,
그랬더니 그 불의 대답은
"여보게 오해 말게.
그건 거북이가 깔긴 불똥 때문이니
따지려거든
그 거북이나 찾아가서 따져 보시게"
하는 거였어.

그래 할 수 없이 그 거북이를 찾아가서 물었더니
그 거북이는 또
"그건 코끼리가 내 등을 되게 밟은 때문에
너무나 무거워서 나온 불똥이니
코끼리한테 가서 따져 보구랴" 했고,

그래 또 코끼리를 찾아갔더니
그 코끼리는 또
"그건 지오 나무 열매가 떨어져서
내 등을 되게 때린 때문이니
지오 나무를 찾아가 물어보게나" 했고,

지오 나무에게 가서 말하니
지오 나무는 또
"그건 꼬리 긴 원숭이가
내 열매 하나를 되게 건드려서 떨어트린 것이니
그 꼬리 긴 원숭이한테 가 따져 보기 바라네"
하는 것이었으며,

또 그 꼬리 긴 원숭이한테 갔더니
"어디서 북소리가 나기에
그건 사향고양이의 죽음을 알리는 것으로 알고
그 죽음이 무서워서 도망치다 그리된 것이니
나를 그렇게나 만든 그 북을 찾아가서

시비를 가려 보시지"
하는 것이었고,

그래서 그 북을 찾아가 물었더니
그 북은 말하기를
"그건 웬 왕파리가 내게 부닥쳐 울린 것이니
내게는 책임이 없네.
그 왕파리나 찾아가 보소" 했고,

그 파리를 찾아가서 따졌더니
"그건 내 잘못이 아니외다.
그건 웬 여자가 제 아들 무덤의 풀을 깎다가
손을 상해 뿌린 핏방울이 내 눈에 들어와서
놀라 달아나다 북에 부닥쳐 그리된 것이니
그 불쌍한 어머니한테나 가
잘 상의해 보사이다" 했고,

아들의 무덤에서 풀을 베던

그 불쌍한 어미한테 찾아갔더니
"그건 내 아들 무덤의 풀을 베어 주다가
흰개미가 갉아먹은 억새풀 줄기에
손가락을 상한 때문이니
찾아가 따지려건
그 흰개미나 찾아가서 해보게" 하시어서

마지막으로 그 흰개미란 놈을
찾아가긴 찾아갔었네마는
그 흰개미란 놈은 그냥 다짜고짜로
앞발을 곤두세우며
"뭐야?! 이 새끼!!
뎀빌 테면 뎀벼 보아라!!" 여서,

그때부터 이날 이때까지
그 흰개미 떼와 검은 개미 떼들은
만나기만 하면 늘
싸움만을 되풀이하고 있는 중일세.

쬐끔만 더 잘 생각해 보자면

그럴 것도 없긴 없는 일인데 말씀야.

카메룬 산이 세 번째로 하신 이야기

이 이야기는
내가 사는 카메룬의 바로 이웃나라
나이지리아에서 생긴 것일세만은
아시다시피
나이지리아에는 산다운 산이랄 것도 없어
내 눈에 먼저 띄인 일이라서
이 몸이 도맡아 하게 됐으니
그건 그리 알고 들어 주시게.

나이지리아의 어느 홀몸의 가난한 농부의
전 자산은
감자 한 부대와
염소 한 마리와
그리고 잘 길들인
표범 한 마리뿐이었는데,
이 사람이 또 불가불
강물을 건너
딴 마을로 이사를 가야 할 형편이 되어서,

발바닥만 백인같이 하얀
새카맣게 벗은 알발로
그의 세 가지 전 자산과 함께
강가의 이편 언덕에 서서
저편 언덕으로 타고 갈 카누배를 내려다보고 있었네.

그런데
그 카누배는 단번에는
이 배를 저어 갈 이 사내 외엔
세 가지 자산 중의 한 가지만을
싣고 갈 힘밖에는 없어서,
무엇부터 그것들을 싣고 건너갈까에
이 사내는 많이 마음을 써야 하게 되었네.

표범을 먼저 실어 건네 놓자니
그 사이에
남겨 놓은 염소가
감자를 양껏 먹어 버릴 것이고,

감자를 먼저 실어 건너가자니
그 사이에
남겨 둔 표범이
염소를 갖다가 먹어치울 것이고,
그래서 말이야.

그래 농부는 궁리궁리한 끝에
먼저 염소를 싣고 가서
강 건너편 언덕에 내려놓고,
그 다음에는 표범을 싣고 가서 내려놓고,
거기 있던 염소를 되싣고 돌아가서
처음 있던 곳에 내려놓고,
그 다음에는 감자 부대를 실어다가
표범 옆에 부려놓고,
마지막으로
아까 염소를 또 한 번 더 싣고 가서
내려놓으며
저도 내리더군.

으때?
머리
쓸 만하지?

킬리만자로 산의 자기소개

나의 키는 5895미터,
살기는 적도 바로 아래에서지만
이 세계의 어느 외교관들도 잘 아시는 것처럼
여기는 상당한 고원의 갑지甲地여서
더위에 번열기 난
순 재즈로만 사는 것도 아닐세.

나의 아랫도리는 역시나 좀 더워서
할 수 없이 흔들어 대는 재즈이기도 하지만,
가운데께는 그래도 클래식이고,
그리고 보게
눈에 사철 하이얗게 덮인
윗도리만큼은
그래도 훤칠한 성가聖歌일세 성가야.
노벨상도 탔다는
미국의 어느 소설가도 비쳤듯이 말쏨야.

나로 말하면

자손복도 괜찮게 있는 편이지.
이 몸의 동쪽 아래께를 잘 살피어 보게
육군 소장 비스름한 내 아들과
그리고 그 밑에
대위 같은 내 손자가
쓰윽 버티고 있는 것이 보이겠지?

그러신데,
이 케냐와 탄자니아의 고원에서
여余를 가장 잘 이해하는 자가
과연 그 누구인 것 같나?

그건
사람도 아니고
사자도 호랑이도 코끼리도 아니고
다정한 암수컷의 한 쌍 기린이 내외야.

그것들은 언제나 해돋이 때면

일찌감치 나와서
새벽이란 이름의 높은 나무의
단잎들을 나란히 서 뜯어먹다간
나를 보고는 수줍은 듯 미소하며
아조 조용히 서로 입을 맞대고
뽀뽀도 한다네.

제14시집

늙은 떠돌이의 시

시인의 말

여기에 1988년부터 1993년까지에 내가 쓴 72편의 신작시들을 다시 퇴고하여 『늙은 떠돌이의 시』란 제목으로 또 한 권의 시집을 내기로 했다.

'내 어렸을 적의 시간들 10편' '구 만주제국 체류시 5편' '에짚트의 시 5편' '1988~1989년의 시들 4편' '노처의 병상 옆에서 4편' '1990년의 구 공산권 기행시 9편' '해방된 러시아에서의 시 8편' '1991, 1992, 1993년의 기타 시들 27편' 여덟 부문으로 나누어서 꾸미었는데, 이 배열의 순서는 내가 이 세상에서 살아오면서 이 시들을 경험한 시간의 순서에 따른 것이다.

여기에서 다시 한번 실감되는 것은 '시라는 전공 이것 참 매우 어렵다'는 것이다. 60여 년 동안이나 이걸 이어서 써왔는데도 지금의 내 느낌은 습작기의 문학청소년 시절이나 다름없는 표현상의 불만, 불만 그것만이 늘 반 넘어 차지하고 있으니 말이다.

그러나 이 불치의 욕구 불만감이 항시 계속됨으로써 언제나 표현상의 새 매력을 탐구해 보려는 노력도 계속되어서, 이것으로 타성의 게으름에 멎어 버릴 수 없이 된 것, 이것 한 가지만큼은 참 다행한 일이다. 시의 표현의 매력 추구도 자연과학의 발견의 추구와 마찬가지인 새 경지의 발견의 추구라고 나는 나이가 더할수록 더 생각하게 되는데, 그렇다면 이 늘 계속되는 욕구 불만이야말로, 여기에서는 가장 좋은 약이 되는 것이니 말이다.

내 숨결이 내 육신에서 아조 떠나 버리는 날까지 나는 이 짓을 접어 두어 버리지는 못할 것이다.

1993년 9월 12일 아침
관악산 봉산산방에서

내 어렸을 적의 시간들

여기 보이는 10편의 시는
내 철모르던 어린 날들의 추상抽象의
아조 적은 경험의 감동들을 표현해 보려고 한 것들이다.

내가 천자책을 다 배웠을 때

내가 여섯 살이 되던 해 봄에
나는 한문 서당에서 천자문을 배웠는데요.
한 열흘 만에 그 천 자를 다 외었더니
선생님과 내 아버지는 아조 좋아라고
쐬주를 몇 잔씩 들이마시고는
날 받아서 며칠 뒤엔 나를 데리고 뒷산에 올랐어요.
머슴의 지게에 술과 안주를 지우고
어머니도 따라가시어서
모다가 따 모은 진달래꽃으로 화전을 부쳐
하늘과 땅에 알리시며 축하해 주셨어요.
맛진 술에 거나해지신 아버지와 선생님은
어깨춤도 한바탕씩 추어 주셨는데요.
이런 잔치는
아조 먼 옛날부터
우리나라에선 전해져 온 듯해요.

(1993. 2. 11. 서울)

쑥국새 소리 시간

시계라는 걸 우리는 아직도 전혀 몰랐다.
그래서 낮에는 이어서 우는
쑥국새 울음소리가 시계였었다.
형수께서 쑥떡을 만들어 가지시고
짚신 신고 이십 리를 걸어서
친정 나들이를 가시던 봄날
다섯 살짜리 나도 따라가고 있었나니
형수께서 그 쑥떡을 한 개
꺼내서 내게 주시며
자기도 한 개 깨물어 자시면서
"아이고 그놈의 쑥국새 소리
팍팍키도 하네" 하시면
그게 바로 그런 그 시간이 되는 것이었다.
물론 '팍팍키도'가 뭔지
나는 아직도 잘은 모르는 채 말이다.

(1993. 2. 9. 서울)

* 쑥국새는 뻐꾹새의 전라도 사투리.

감꽃 질 때

개울 건너 감나뭇집 감꽃 떨어져
호주머니 불룩하게 줏어 가지고
구름 뜬 맑은 개울 건네오면은
그 구름도 함께 가자 따라서 오고

호주머니 감꽃들을 실에 꿰어서
염주를 만들어 목에 걸면은
뒷산의 뻐꾹새가 그걸 알고서
제 목에도 걸어 달라 울고 있어요.

(1993. 5. 9. 서울)

개울 건너 부안댁의 풋감 때 세월

맑으신 돌개울 건너
감나뭇집 아주머니 부안댁은요.
두 눈과 두 눈썹이 조용하고 얌전해서요.
우물에서 물을 길어 물동이를 머리에 이고 오실 때에도
한 방울도 이마에 들리지를 않으시었고,
또 우리들 똘만이한테 고함도 치지를 안해서요.
그 댁 감나무에 푸른 풋감들이 조랑조랑 매여 달려서
그중에 벌레 먹은 놈이 일찍 홍시 되어 떨어질 때에는
나는 아침마다 알발로 돌개울물을 건너
안심하고 그것들을 줏으러 그 감나무 밑으로 달려갔어요.
그렇게 그 부안댁 감나무의 풋감의 세월들은
어린 내겐 참 좋은 세월이었어요.
거기 감꽃들이 피어나 떨어지면
그걸 줏어 실에 꿰어 염주를 만들어서
목에 걸었다가 빼어 먹고 지내던
그때를 비롯해서 쭈욱 연달어서요.

(1993. 2. 10. 서울)

초가지붕에 박꽃이 필 때

저녁때 초가지붕 박꽃 필 때는
달빛으로 달빛으로 박꽃 필 때는
어머니가 머리에 물동일 이고
우물로 물을 길러 가시는 시간.

물동이에 그득이 길어 인 물을
한 방울도 이마에 안 들리고서
조용히 걸어서 돌아오셔서
그걸로 우리들 밥을 지을 때.

보리에 쌀을 섞어 밥을 지셔서
우리들 밥그릇엔 쌀밥을 많이
어머니 그릇에는 보리를 많이
뜨시고 계시던 그러언 시간.

(1993. 7. 5. 서울)

맑은 여름밤 별하늘 밑을 아버지 등에 업히어서

내 아버지는 객지에 나가 벌이를 하노라고
오랜만에만 우리한테로 오셨었지.
그래선 나를 업고 다니셨었지.
어느 맑은 여름밤에는
내가 외할머니네 집에 가서
외할머니의 옛날이야기에 파묻혀 있는 것을
찾아와서 등에다 둘쳐업고
깨끗하겐 긴긴 돌개울물을
두 발로 출렁거려 소리를 내며
거슬러 거슬러 올라가고만 있었지.
새로 핀 흰 접시꽃같이 반가운,
아니 멀리서 온 일갓집 형들같이 반가운
하늘의 별들은 내 빰에 그들의 빰을
연거푸 연거푸 갖다 대고만 있었지.
추상抽象이라고는 전혀 없는
이것이 이때의 내 그뜩한 시간이었지.

(1993. 2. 10. 서울)

여름밤 솥작새와 개구리가 만들던 시간

참 오랜만에 집에 돌아오신 아버지가
한여름 밤에도 나를 그 가슴패기에 끌어안고
잠이 들어가고 있었을 때,
나는 당산 수풀에서 우는 솥작새들 소리에서
하늘의 타이름을,
개울에서 우는 개구리들 소리에서
땅의 웅얼거림을
노나서 비교해 듣는 연습을 비로소 하기 시작했다.
솥작새 소리가 슬프다는 건 더 커서 배운 일이고,
이때는 거저 맑게 간절한 것이었으며,
개구리 소리들은 가슴에 닿아 뭉클리었다.

(1993. 2. 10. 서울)

* 당산堂山 : 느티나무 수풀로 된 마을의 제단. 하늘에 제사 드리던 곳.
* 솥작새 : 두견새. 영어로는 나이팅게일(Nightingale). 봄에서 첫가을까지 밤에만 우는 새.

뻐꾹새 소리뿐

아버지는 타관으로 벌이 나가고
어머니도 할머니도 밭에 나가고
빈집엔 다섯 살짜리 나 혼자뿐.
그리고 하늘과 땅 사이에선
서글프게 울어 대는 뻐꾹새 소리뿐.
머리에도 뼛속에도 가슴속에도
끊임없이 스며드는 뻐꾹새 소리뿐.
개울가로 달려가서 개울 속을 보면은
거기 어린 구름에서도 뻐꾹새 소리뿐.
집으로 되돌아와 숨을 죽이며
벽에 흙을 떼어서 먹어 보면은
그 속에서도 울어 대는 뻐꾹새 소리뿐.

(1993. 7. 8. 서울)

추석 전날 달밤에 송편 빚을 때

추석 전날 달밤에 마루에 앉아
온 식구가 모여서 송편 빚을 때
푸른 풋콩 송편에 안끼이면은
휘영청 달빛은 더 밝어 오고
뒷산에선 노루들이 좋아 울었네.

"저 달빛엔 꽃가지도 휘어지겠다."
달 보시고 어머니가 한마디 하면
대수풀에 올빼미도 덩달아 웃고,
달님도 소리내어 깔깔거렸네.

(1993. 7. 6. 서울)

최노적 씨

윗마을의 키다리 최노적 씨는
낫 놓고 ㄱ자도 못 그리지만
겨울에 눈이 나려 세상 덮으면
산자락에 쌓인 눈을 말끔히 쓸고
말꼬리털 올개미들을 거기다 놓고
콩들을 입맛나게 뿌려 놓고서
꿩들을 잡는 데는 비호였나니,

무얼 먹고 사시는지 알 순 없어도
너털웃음 소리도 장끼 소리 같았고,
걸음걸이 그것도 장끼 걸음 같았고,
오는 비에 옷 적시며 풀 죽어 있는 것도
흡사 화투 비 열 끗의 그 장끼만 같았네.

(1993. 7. 6. 서울)

구 만주제국 체류시

1940년 9월에서부터 1941년 2월까지
나는 남만주 간도성의 양곡주식회사의
한 사원이 되어 밥벌이를 하고 있었다.
여기 5편의 시는 그때의 일들을 회고하며 쓴 것들이다.

만주제국 국자가[延吉]의 1940년 가을

고량밭 머리의 곡마단에서는
끌려온 우리나라 아이겠지,
열두어 살 먹은 분 바른 계집애가
장년 사내가 어깨로 떠받고 있는
높은 장대 끝에 매달려서
갖은 재주와 아양을 다 부리고.

그 옆에 검은 흙먼지가
이십 센치쯤 쌓인 골목길에서는
아마 한 달도 더 안 팔린 것들이겠지,
돌덩이처럼 굳은 호떡 한 무더기를
옆에 놓아두고 앉아서 자고 있는
때범벅의 청의靑衣의 만주국민 할아범.

어디선가
너무나 억울하게 지옥에 붙잡혀 온
학이 우는 것 같은 소리가 들려와서
눈을 보내 더듬거려 보았더니

저만치의 쑥대밭 언덕에서는
역시나 때 절은 청의의 한 만주국 아줌마가
누구의 껏인가 새 관널 하나를 앞에 놓고
"끅! 끅! 끄르륵……
끅! 끅! 끄르륵……"
꼭 그런 소리로 울고 있었다.
우리 단군 할아버님의 아내가 되신
그 잘 참으신 암곰님처럼
씬 쑥과 매운 마늘 많이 자신 소리 같았다.

(1991. 12. 31. 그믐날. 서울)

일본 헌병 고 쌍놈의 새끼

1940년 그 넓은 남만주 가을의 황토빛 황혼을
여少는 어느 만큼이라도 좀 더 자유롭게 되기 위해서
도문역 밖의 한 곳에서 한바탕 흔쾌히
실컷 오줌을 싸갈기고 계셨는데,
여기까지를 어떻게 눈여겨서 염탐해 온 것일까?
핏빛 모자 테두리를 한 고 일본 헌병 쌍놈의 새끼 하나가
재빠르게는 쫓아와서
나를 끌고 가 즈이들 모이는 곳에 몰아넣고는
다짜고짜로 구둣발질을 해대는 것 아닌가?
"꼬라! 시네! 시네!(이놈! 죽어라! 죽어라!)" 하며
내 정갱이뼈가 다 녹초가 되도록
연거푸 연거푸 구둣발질을 하는 것이 아닌가?
"잘 누시어서 시원하시겠습니다."
한마디 인사말쯤 나올 줄 알았더니
그런 말은 이 자ォ도 없이
고 쌍놈의 새끼가
내 정갱이에다 대고

구둣발질만 이어서 해대고 있는 것 아닌가!

(1992. 1. 16. 서울)

간도 용정촌의 1941년 1월의 어느 날

영하 30도의 치운 벌판에, 천지의 뼉다귀들처럼
여러 천 개의 큰 나무 기둥들이 즐비하게 널려 쌓여 있는데,
순사부장 출신의 무식한 소장놈은
"그 나무 기둥마다
회사 마크의 쇠도장을 찍어 넣어라!" 해서,
나는 중국인 부하 청년 두 사람을 데리고
그 쇠도장이 새겨진 쇠망치들을 들고
땅! 땅! 땅!
언 하늘의 한복판이 쩌릉쩌릉 울리도록
그 나무 기둥들을 후려갈기며
찍어 넣고 찍어 넣고 찍어 넣고만 있었지.
드디어 내 손바닥의 껍데기가 벗겨지도록
되게 쳐선 찍어 넣고 찍어 넣고만 있었지.
중국인 청년들은
"센순(선생님)! 쩔렁쩔렁(참 치워요!)" 했지만
그들에겐 대답도 없이
"에잇 빌어먹을 놈의 것!
나도 백두산에 마적이나 되어 갈까 보다!"

그렇게 속으로 외치며 찍어 대고만 있었지.

(1992. 1. 17. 서울)

북간도의 청년 영어 교사 김진수 옹

일본 식민지 시절의 우리나라에서는
슬픔이 기쁨인 얼굴을 하고 사는 사람도 꽤나 많기는 했지만
북간도라 은율중학교의 영어 교사 김진수처럼
그게 그 조용한 극치를 이루고 있던 사람은
나는 난생처음 보았다.

그래 내가 옹翁이라는 존칭을 붙여 주었던 김진수는
그 호주머니 여유가 있는 저녁은
나를 그 방바닥이 뜨신 만주 냉면집으로 불러
다모토리 쐬주 노나 마시며 웃고만 있었는데,
그건 너털웃음이 아니라 그냥 미소였지만
그건 좋은 냉면의 원료인 그 모밀 꽃밭만 같아서
이게 슬픔인지 기쁨인지를
나로서는 도무지 식별할 수가 없었다.

지금은 저승에 드신 지 오래인 김진수.
발표도 할 줄 모르는 '드라마'만 쓰고 있던
우리 '드라마'의 총각 시인 김진수.

그 냉면의 원료인
순 모밀 꽃밭만 같던 그대의 그 잔잔한 미소
인제는 거기 갔으니
저승도 지금은 좀 위로는 되겠다.

(1992. 1. 17. 서울)

* 다모토리는 독한 소주를 말하는 함경도, 북간도의 사투리.

시인 함형수 소전

(1941년 정월 영하 30도의 어느 날 밤
만주제국 용정촌의 치운 내 하숙방엘 찾아와서
나를 끌어안고 뒹굴며
"이 새쓰개야!" 소리치며
울음으로 웃고 있던 시인 함형수.
만주제국 도문소학교의 교사였던
내 친구 함형수의 약전略傳은 대략 아래와 같다.)

1935년 4월, 서울 중앙불교전문학교 신입생으로
곱슬곱슬 윤나는 좋은 우아랫수염에
오렌짓빛 양말이 드러나는 바지를 입고
까치 같은 웃음소리를 잘 내는 자가 있어서
친구하자고 내가 그 뒤를 따라나섰더니,
성북동 골짜기의 호젓한 그의 하숙으로 가는 길
그는 그의 호주머니의 하모니카를 꺼내
도리고의 〈세레나데〉를 신나게 불며 가고 있었다.

나이를 물어보니

그는 나보다 한 살 아래인 열아홉 살.
시는
투르게네프의 산문시와
오마 카이얌의 『루바이야트』와
에즈라 파운드를 좋아하고,
또 자기 것을 써왔지만,
지금은 우리 조택원의 춤을 더 좋아하기 때문에
조선일보에 내기로 하고
그의 무용 평을 한 페이지분 쓰고 있는 중이라고 했다.

그의 방에 들어가서 한참 있다가
내가 "식구들은?" 하고 한마디 물었더니,
그는 나를 뚫어지게 한바탕 쏘아보고는
그의 교복 저고리의 안 호주머니께를
드러내여 내 눈에 바짝 가까이 보여 주었는데
자세히 보니 거기는
바늘실로 꽁꽁 잘 꿰매 밀봉이 되어 있었다.
그는 말했다.

"함경도의 옥중에서 죽은 아버지가
내게 남긴 유서가 이 속에 들어 있다.
허지만 이건 남에겐 보이지 않는다.
내 어머니는 지금
두만강가 남양이란 데 살면서
다리 넘어 만주 도문에 날마닥 드나들며
되야지 순대를 팔어
한 달에 16원씩 학비를 보내 주신다."

1936년 11월에
그는 나와 오장환이와 함께
『시인부락』지를 창간했었는데,
1937년 내가 서울을 떠나 방랑하고 있던 때엔
하숙비를 댈 길도 끊어져 버려서
한 끼니 십 전짜리 제일 싼 요기를 하며,
노동자들의 공동 숙박소에 끼어 새우잠을 자고 지내다가
할 수 없이 만주제국 북간도로 들어가
소학교 교사시험을 치뤄 합격했다고 한다.

그 뒤 그는 만주 떠돌이의 유랑극단의
한 여배우를 골라 서로 사랑했고,
또 헤어지기도 했다고 하는데,
1941년 우리가 용정에서 만났을 때도
그 이야기에는 영 아무 대답도 하지 안 해서
자세한 건 나도 그냥 모를 뿐이다.

1945년 8월 15일 해방이 되자
서울로 서울로만 모여들던
그 초만원의 해방 열차의
기관차 위의 한 자리를 얻어 끼어 타고
우리를 만나러 서울로 오다가
실각失脚해 미끄러져서 박살나 죽었다고 하는데,
참 많이 아팠을 것이다!
그래도 까치같이 웃고 죽어 갔느냐?
형수야!

(1992. 1. 19. 서울)

* 새쓰개는 미친 사람이란 뜻의 함경도 사투리.

에짚트의 시

여기 모은 5편의 시는
1978년 여름
내가 에짚트 여행에서 겪은 경험과,
그곳의 신화 「사자의 서」등을 참조해서 쓴 것들이다.

나일 강엔 연사흘 비만 내리어

나일 강엔 연사흘 비만 내리어
머구리 떼 울음만이 단 하나의 가락인 날.
그대 유난히도 눈이 밝다는
태양의 신 라아여! 라아여!
오늘은
그대 좋아하는 어느 살찐 암소의
허벅지 속에 들어가서 쉬고 계신가?
포근히 포근히 쉬고 계신가?

고 예쁜 배꼽 드러내 놓고
부르르 부르르르 뱃살로만 춤추는
에짚트 여편네의 고 뱃살춤 집으로나
나도 깃들여 들어가서
잠겨 있어 볼꺼나?

(1978년 여름의 에짚트 여행 때를 회고하면서.
1990. 12. 27. 서울)

에짚트의 연꽃

해의 신 라아가
으뜸으로 아끼는 못물이 고향인
에짚트의 연꽃은
물론 그 묘한 향기로
늘
라아의 콧구멍을 맞싸지하는 게
첫째로 맡어 하는 중요한 일이지만,
또 라아의 온몸의 살들까지도
언제나 이어서 잘 맞싸지를 하신다.

그리고
그녀를 좋아하는
누구거나
어느 껏이거나
원근을 가리지 않고 찾어다니며
아조 잘 맞싸지를 하신다.

카이로의 기자의 피라믿들 꼭대기에서도,

스핑스의 사타구니 언저리서도,
나일 강의 맴도는 구석과 구석,
사막의 모래알들 속에서까지도
항상
그 향기의 맛싸지를 잘 하신다.

(1991년 1월 7일 초고.
 1991년 7월 3일 재고.
 1993년 9월 10일 3고. 서울에서)

에짚트의 모래밭을 가노라

싸각싸각 싸각싸각 에짚트의 모래밭을 가노라.
따오기 귀신 울음 우는 하늘 밑으로,
'너를 돕는 신'이라는 무화과나무 밑으로,
저승으로 가는 길을 걸으며 노니노라.

저승의 성문에는 기인 기인 구렁이
따오기 우는 소리에 옛처럼 움츠리나니,
고만큼한 푼수의 구름도 몇 장 데리고
내 오늘도 무사해서 에짚트의 모래밭을 가노라.

(1991. 1. 8. 서울)

에짚트의 어떤 저승의 문 앞

에짚트의 저승으로 가는
어느 문 앞에서는
안동 삼밭에서 윙윙거리다 온 것 같은
풍뎅이 귀신이 앞장을 서고,
고 다음에는 턱수염 난 염소 귀신,
고 다음에야 겨우
사람 귀신이 3등으로 뒤따르고 있다.

아마도
풍뎅이는 몸이 가벼워서
휭! 뺑소니처 날아가 뻐리는 재주가 좋고,
염소는 얌전하고 점잔하신데,
사람은 배 속에 똥이 그중 많아서 3등인 것 같다.

이 저승의 수문장은
똥을 깡그리 아조 잘 먹어 치우기도 하지만
사람의 그 많은 똥을 탐내서
나중에 천천히 먹으며 즐기려고

풍뎅이와 염소 뒤에다 세워 놓은 건 아닐 것이다.

(1991. 7. 2~3. 서울. 「사자의 서」 참조)

에짚트의 저승의 수염 좋은 뱀

에짚트의 땅 밑의 저승에 가면
멋쟁이 수염이 너무나 좋은 뱀이
권위가 되어 도사리고 계신데
이건 아무래도 너무나
독창적으로만 웃기어서
재미가 아조 없지는 않다.

(1993. 4. 6. 서울)

1988~1989년의 시들

낙락장송의 솔잎 송이들

2층 위의 3층 위의 창가에 앉어서
"인제는 거짓말은 죽어도 더 못하겠다"고
그대가 어느 겨울날 소근거리고 있던 때의
그대의 그 꼿꼿하던 속눈썹들처럼만 생긴
낙락장송 소나무 가지의 솔잎 송이들이여.

(1988. 11. 24. 서울)

이런 여자가 있었지

고요한 날
구석진 연못에 부는
산들바람에
피는 연꽃을 보고
단 한 번
소리 없이 숨어서
눈웃음 지어 보려고만
이 세상에 생겨난
여자가 있었지.
남태평양의 웨스턴사모아의
아피아의 야자나무 뒤켠이던가
아니라도 그 어디엔가
이런 여자가 있었지.
있었지. 있었지.
있었지!

(1988. 12. 2. 서울)

포르투갈의 풀꽃

그 많은 밤하늘의 별들의 그리움이
낮에는 어디 가서 숨는가 했더니,

여기 포르투갈 늦봄의
풀밭에 와서 보니
다홍으로, 분홍으로
보라로, 노랑으로, 또 흰빛으로
모조리 내려와서 풀꽃 되어 피었다.

로드 바이런은 일찍이
'땅의 끝, 바다의 시작'이라고
여기를 느껴 시도 썼거니와,

이 간절히도 맑은 바닷가의 나라를 골라
밤하늘의 그 많은 별들의 그리움은
낮에는 두루 다 여기 모여들어
언덕과 들의 풀꽃으로 피었나 보다.

(1989. 5. 21. 미국, 랄리, N.C. 내 큰아들 승해의 집에서)

비밀한 내 사랑이
—먼 옛날에 아무도 안 듣는 곳에서 러시아 제국의 어느 여왕이 사뢰온 독백

비밀한 내 사랑이

안심치가 안해서요.

먼 바닷가의 상수리나무 밑에

묻어 둔 궤짝 속의

토끼 속에 넣어서

숨겨 놓아 두었세요.

그래도 그래도 안심치가 안해서요.

그 토끼의 배 속에 집어넣은

한 마리 암오리의

배 속의 알 속에다가

숨겨 놓아 두었세요.

(1989. 10. 7. 러시아 민화 「여왕」을 읽고. 서울에서)

노처의 병상 옆에서

이 4편의 시는
1990년 2월 하순부터 3월 초순 사이에
내가 부산 동래의 병원에서 입원한 아내를
돌보고 지낼 때 착상해 쓴 것들이다.

노처의 병상 옆에서

병든 아내가 잠들어 있는
병원 5층의 유리창으로
내다보이는 거리의 전등불들의 행렬은
아조 딴 세상의 하모니카 구멍들만 같다.
55년 전의 달밤 성북동에서
소년 시인 함형수가 불고 가던
하모니카의 도리고의 〈세레나데〉 소리를 내고 있다.
죽은 함형수가
지금은 딴 세상에서 불고 있는
꼭 그 하모니카 소리만 같다.

"쐬주는 제일 좋은 친구지만
이것만 가지구선 안심치가 않어
그 선생인 소금을 곁들여서 마시노라"고.
지난 낮에 짜장면집에서
그 두 가지만 사서 먹고 앉었던
늙은 사내가 생각이 난다.

그 사내도
지금 저 하모니카 같은 불들을
보고 있을까? 보고 있을까?
그리고 함형수는
이걸 또 하모니카로 불고 있는 것일까?

(1990. 3. 11. 오전 2시 반. 부산 동래의 '우리들병원'에서)

계피

살구꽃 철 가까운
동래 병원에
입원해 있는 고희의 노처더러
"살구꽃이 좋지?" 하니
좋다고 해서,
"살구도 좋지?" 하니
또 좋다고 해서,
"남들이 먹고 버린 살구씨를 줏어 모아
한약국에 갖다 주고
계피도 읃어먹어 봤소?" 하니
"일곱 살 때던가? 여덟 살 때던가?" 하며
꼭 그 일곱 살짜리같이 빙그레 웃는다.
그래 오늘은
온갖 것 다 접어 두고
그 계피를 찾어 동래장으로 간다.
내 인생에선 이게 제일 좋은 일만 같어
이슬비 내리는 속을
동래장으로 간다.

(1990. 2. 27. 부산 동래의 '우리들병원'에서)

부산의 해물잡탕

동래 시장 구석에 앉아
부산의 해물잡탕을 먹고 있으면
두 누깔까지를 아조 잘 감춘다는
바다 게들의 달아나는 긴 행렬이 보이고,
고막조개들이 커서 둔갑해 날아오르는 새 떼와,
고막녀 고막녀들 옛부터의 고막녀들
유달리 고막을 잘 줍던 그 많은 고막녀들과,
그리고
조용하디조용하여 너절하지 않은 날에만
아조나 먼먼 단군 적부터
하늘이 그 입술로 친히 부신다는
하늘의 그 고은 고동 소리가 들린다.

(1990. 2. 23. 부산 동래의 '우리들병원'에서)

* 고동은 바다의 큰 소라껍질로 만든 취악기.

범어사의 새벽 종소리

70년 전이던가 어느 새벽에
범어사의 새벽 종소리가 울려 퍼지고 있을 때
스무 살 남짓한 애승이 중 한 녀석이
고기도 먹고 싶고
여자도 하고 싶고
돈도 갖고 싶고
또 양껏 자유 지랄도 해보고 싶어
장거리로 도망쳐 나온 지
어언 50년이 됐는데 말야.
몇 해 전이던가
이 녀석은 그 한 많은 일생의 막을 닫어
죽어서는 그 팔자로
밤에도 살금살금 기어다니는
한 마리의 도둑고양이가 되어서 말야.
어젯밤 새벽 달빛엔
울려 퍼지는 범어사 새벽 종소리에
냐웅 냐웅 냐웅 냐웅 되게는 울어
다시 애승이 중이 되고 싶은 소원을

애절하게는 뇌까려 대고 있더군.
범어사 가까운 동래구 낙민동의
어느 쓰레기통 옆에서 말야.

(1990. 2. 22. 부산 동래의 '우리들병원'에서)

1990년의 구 공산권 기행시

여기 보이는 9편의 시는
1990년 5월에서 6월 사이 내가 어느 단체에 끼여서
유고슬라비아, 헝가리, 러시아와 중공 네 나라를 돌아다니며
보고 듣고 느끼고 생각한 걸 표현해 본 것이다.

유고슬라비아의 밀밭 사잇길에서

유고의 밀밭 사잇길을
기차로 달려가노라면
"페네로페냐? 헬레네냐?
헬레네냐? 페네로페냐?"
이런 고대 그리샤 그대로의 소근거림이
한 눈을 지그시 감고 뒤따르고 있어서
이 시대착오는 정말로 우리를 웃긴다.

트로이의 미남 왕자 파리스에 꼬여 갔던
스파르타의 절색 왕비 헬레네가
트로이 함락 뒤 다시 그 본남편한테로 돌아와
되깎이로 살다간 사실을
우리는 잘 알지만,

또
이타카 섬나라의 왕비 페네로페가
그 남편 오뒷세우스 부재중의 20년을 수절하며
온갖 악당들의 유혹과 협박에 으젓했던

그 사실도 알긴 알지만,

그게 그 몇천 년 전 일이라고
지금도 이 유고의 밀밭둑에 와
새빨간 핏빛의 헬레네꽃으로 야생하고,
하얀 정절의 페네로페꽃들로 피어나서,
한 눈들을 살짝 감고 소근거리며
우리 기차 뒤까지 따라오고 있는 것은
정말로 웃긴다고 안할 수가 없다.

"헬레네냐? 페네로페냐?
페네로페냐? 헬레네냐?"

(1991. 7. 1. 서울)

항가리의 시

다뉴 강 따라 걸어가노라니
항가리 들판에는 찔레꽃도 많습데.
시집가고픈 처녀의 얼굴같이
찔레꽃도 여기 껀 연분홍입데.

옛날에 서방질한 어느 왕비를
국왕은 관대하게 용서해 주어
따로 나가서 살게 했다는
별장도 언덕 위엔 서서 있습데.

숨어서 사는 데는 이 세상 으뜸이던
'야노쉬 쵸르하'의 나라 오 항가리.
서방질하다 들켜 쫓기는 아낙네도
여기 와 숨어 살면 괜찮겠습데.

(1991. 7. 1. 서울)

부다페스트에서 모스코로 날아가는
러시아 여객기 화장실 속의 그 찐한 찌린내

부다페스트에서 모스코로 날아가는
러시아 비행기 안에서 러시아 맥주를 마시고
화장실엘 들어갔더니
아 그 우리네 옛날만 같은
또 우리네의 시골만 같은
찐한 찌린내가 온몸에 풍겨들어서
'야! 이건 도스토예프스키의 찌린내구나!
그의 「죄와 벌」 속의
쏘냐의 찌린내구나!
마음에도 없는 괴로운 매음을 당하고
뒷간에 갔을 때의 바로 그 쏘냐의 찌린내구나!
레오 톨스토이의 「부활」 속의 카츄샤 마슬로바의
씨베리아 유형 중의 그 찌린내구나!
안타까운 뉘우침의 눈물 뒤의
그 쩌릿턴 찌린내구나!'
이런 생각을 하고 있었다.
그러고 또
'이런 찌린내도 감추지 않고

다 냄새 맡게 해주어서 고맙구나!
다 개방해 주어서 정말로 고맙구나!'
이런 생각도 하고 있었다.

(1990. 6. 27. 서울)

마스끄바 서쪽 하늘의 선지핏빛 덩어리 구름

내가 이 세상에 생겨나서 스무 살 되던 해 한여름 밤에
밤새여 읽으며 쫄딱 반해 버렸던
도스토예프스키의 「백치」의 여주인공 나스타샤의
그 아름답고도 멋들어지고도 서러웁던 매력이
멧돼지 같은 흉한兇漢 라고찐의 칼에 찔리어
버둥거리며 죽어갈 때 흘리던 선지피!
몸서리치는 그 선지핏빛으로
오늘 1990년 5월 28일 황혼
또 오히려 마스끄바의 서쪽 하늘에 어리어 나온
참 기가 막히는 구름 한 덩이!

아니면 또 저 스딸린의 독재의 흉탄에
쏘이고 쏘이면서 죽어간
오백만 명의 가엾은 소지주들과 그 가족들의
응어리진 아우성인가?

한 많은 늙은 나그네 나더러
꼭 한 번만 더 보고 가라고

1990년 6월 28일 해 질 녘
"아야야얏!" 소리치며 나타나 있는
그 선명한 선지핏빛 덩어리 구름!

(1991. 6. 30. 서울)

씨베리아 항공편

씨베리아 동쪽의 외딴집에서 홀로 살다가
단벌 겨울 외투를 도적맞은 처녀는
그걸 찾으러 서쪽으로 서쪽으로
끝없이 걸어서 오고,
나는 깡캄한 이 씨베리아의 밤하늘을
서쪽에서 동으로 동으로 날아가고 있었다.

그 처녀는 그 외투는 찾지 못하고
그 어디메 으시시한 벌판에서
늑대 떼에게 찢기어 피 흘리고 죽더니만,
그 핏자국에서
한 송이 풀꽃이 되어 피어나서,
그걸 따먹은
어느 암곰의 새끼가 되어 새로 태여나더니,

어느 사인지
우리 단군 할아버지의 어머니 지망자 같은
어여쁜 처녀가 다시 되어 가지고는

손톱도 발톱도 깎고 지내더니만,
어느 결에 내 시선을 느꼈음인지
문득
하늘의 곰자리별로 둔갑해 올라와 가지곤
내 앉은 자리의 유리창으로
들어오고 들어오고 들어오고만 있었다.

(1991년 6월 30일 지음. 1993년 9월 7일 고쳐 지음)

북경 벽운사의 대나무 지팽이

북경에서 만리장성으로 가는 길가의 선물가게에서
우리 돈으로 쳐서 오백 원짜리
미끔한 대나무 지팽이를 하나
새로 사서 짚고 가나니,
푸른 하늘이 말한다는 뜻의
'벽운사碧云寺'란 절 이름이 적힌
싸고도 하우디[好的]한
기분 좋은 새 지팽이를 사 짚고 가나니,

이렇게도 너무나 싼 이 대나무 지팽이에는
든든한 딴 나무 손잡이까지도 만들어 붙여서
대중국의 문화의 역사에
부끄럽지 않게 꾸며 내놓았나니,

이걸 만들기에
그 벽운사의 스님네들은 얼마나 많은 애를 쓰셨을까?
그 무슨 싼 밥을 먹으며
이것을 만들었을까?

그것을 생각하며 만리장성 길을 올라가나니……

(1990. 7. 3. 서울)

코끼리 어금니를 실로 뽑아 만든 발

코끼리의 어금니를
실같이 가느다랗게 짜개서 말씀야
그걸로 발을 엮어
여름에는
창에다가 치고서 말씀야
미인하고 단둘이 앉아
소근소근 지껄였다는
명나라의 어느 황제가 있었다고
그 증거로
그 발을
내 눈앞에
진열해 보여 주고 있었는데 말씀야
야 이거야 정말 너무나 했더군.

(1990. 7. 3. 서울)

중공 인민복 대열의 그 유지들의 얼굴들

1990년 5월 31일에서 6월 3일까지
북경에서 나흘을 머무는 동안
내가 길거리에서 날마다 만났던
그 우리나라 죄수옷 빛깔의
인민모 인민복 차림의 유지有志들의 대열을
매양 나는 주시해 보고 지냈네마는
'사는 게 재미있다'는 표정을
그 하나도 거기서 찾어볼 수 없었던 건
정말로 참 서글픈 일이었네.
모택동 씨 사진의 얼굴처럼 부유스럼한 기색도
등소평 씨 사진의 눈초리처럼 똑똑한 기운도
영 모두 다 사라져 버린
그 풀 죽은 실의만의 얼굴들……
'이것이 정말로 중공 인민 십일억의 사기를
고무할 수 있는 얼굴들인가?'
아무리 이해하재도 이해할 수가 없었네.

(1990. 7. 3. 서울)

1989년 6월 3일의 북경 천안문 광장
대학살 1주년 기념일에, 그곳에서

극단의
슬픔과
분노와
절망이
삼삼오오 짝을 지어 걸어 나와서
한참을 헤매다가
퍽지근이 주저앉아
하늘 한쪽만 멍하니 바래보고 있는
중국 대륙의 그런 젊은이들의 광경을
보신 일이 있는가?

나는
그 광경을
1990년 6월 3일
북경의 천안문 광장 대학살 1주년 기념일에
그 천안문 광장에서 목격하고 있었다.
보무도 과하게 도열행진하고 있는
군대들의 삼엄한 경계 옆에서

전개되는
1990년 6월 3일의
중공 젊은이들의 그런 삶의 광경을
똑똑히 내 두 눈으로 목격하고 있었다.

(1990. 7. 3. 서울)

해방된 롸씨야에서의 시

1992년 7월에서 8월 사이
나는 두 번째로 러시아를 찾아 헤매고 지냈다.
여기 보이는 8편의 작품은
그때 경험한 것을 뒤에 표현해 본 것들이다.

레오 톨스토이의 무덤 앞에서

야스나야 폴랴나의 톨스토이의 무덤을 찾아갔더니
이분 사진의 수염처럼
더부룩한 잡초만이 자욱할 뿐,
나무로 깎어 세운 비목 하나도 보이지는 않습디다.
이백오십만 마지기의 땅을
농민들에게 모조리 그저 노나 주고
자기는 손바닥만 한 비석 하나도 없이
풀들과 새, 나비들과 바람과 하늘하고만 짝해서 누었습디다.
"참 잘했다. 영감아!" 하는 소리가
하늘에선 그래도 울려옵디다.

(1992. 8. 11. 미국, 랄리, N.C.에서)

1992년 여름의 페테르부르크에서

노아의 홍수 뒤에 소생해 나온
사람들의 세상이랄까,
아니면 환난의 에짚트를 빠져나와서
홍해의 바닷속에 기적으로 열린 길을 통해
간신히 뺑소니쳐 나온 모세의 족속들이랄까,
모든 것이 허전한 환상만 같은
페테르부르크의 어떤 구석에
가시투성이의 분홍 해당화 한 그루 꽃 피어 있어서
"이걸 롸씨야말로 무어라고 하느냐?"고
내가 물었더니
"쉬뽀브니끄"라고
노녀露女 안내원은 대답해 준다.
그래 나는 이걸
'쉬 뽑히지 말라'는
우리말로 고쳐 들으며
'너희들도 인제부터는 절대로 쉬 뽑히지 마라'고
마음속으로 가만히 기도해 본다.

(1992. 8. 12. 미국, 랄리, N.C. 큰아들 승해의 집에서)

1992년 여름의 롸씨야 황소

여름 더운 날의 마스끄바 교외로
우리 교포 시인 맹동욱 교수를 찾아갔더니,
"잘 오셨수다. 잘 오셨수다.
지금 여기는 소고기 값도 몽땅 싸니까니
실컨 사 자시고 지내시라우.
지낸달에는 한국에서 벌어온 돈으로
큰 황소 두 마리를 오백 딸라로 사서 잡아서
온 마을 사람들이 두루 흡족하게 먹게스리
인심을 한번 잘 써보았쑤다. 크! 크! 크!"
웃어 자치더라.
우리 한국의 굴풋한 시인 친구들,
고기에 굶주려 돌아가신 선배 시인들의 넋,
여기 모다 불러 한자리 앉어
그 황소 한 열 마리 잡어 놓고
푸짐한 불고기 잔치나 한번 벌렸으면 싶더라.

(1992. 8. 14. 미국, 랄리, N.C.에서)

롸씨야 미녀찬讚

하늘의 어느 이쁜 시골의
복숭아꽃 한 가지가
심심하여 사뿐이 내려온 듯이
여기 마스끄바 구석의 장터에 웅크리고 앉아
깊은 수풀에서 따온 산딸기들을
너무나도 싼값으로 팔고 있나니
삼베 빛깔의 숱 짙은 머리칼의
그립게는 아리따운 롸씨야의 미녀여.
깊은 바닷빛의 사랑 어린 눈동자여.
그대 그 손톱들에 끼인 그 때를
더없이 맑은 물에
내 손수 며칠이건 씻어 주고만 싶어라.

(1992. 8. 14. 미국, 랄리, N.C.에서)

마스끄바에 안개 자욱한 날

마스끄바에 안개 자욱한 날
호텔 뒷마당에 모이는 떠돌이 갈가마귀 떼들에게
연거푸 연거푸 모이를 뿌려 주고 있던 롸씨야 할머니.
그러다가는 호텔 직원에게 쫓기어
쭈밋쭈밋 어디론가 사라져 가던 할머니.
무엇 때문에 그 할머니는 그런 짓을 하고 있었을까?
그 갈가마귀 떼 속에는
죽어 가서 거기 끼인
자기 아들딸이라도 들어 있다고 생각하신 것일까?
아니면 또 무엇 때문이었을까?
마스끄바에 안개 끼는 날이나
이슬비 오는 날
갈가마귀 까욱까욱 우는 소리 들리면
내 마음속엔 언제나
이 할머니의 모습이 떠오른다.

(1992. 8. 15. 미국, 랄리, N.C.에서)

롸씨야의 암무당

롸씨야의 암무당이
그 바른손 바닥에다가
천지의 에나지를 모아서
공중에서 한쪽으로 옮겨 가면은
그 아래 땅에 놓인 접시도
또 그쪽으로 따라가고 있었다.
왜 이러고 있느냐 하면
스딸린의 때라던가
누구의 손으론가 바다에 암장된
그녀의 애인을 건지러 가기 위해서래나.
롸씨야의 샤만들이 섬기는
하늘의 가장 작은 별한테 물어봤더니만
이렇게 전심전력으로 가면 된다고 해서
이러고 있는 거래나.

(1992. 11. 24. 서울)

에또 푸로스또 말리나!

"에또 푸로스또 말리나!"
이 롸씨야 말은
'야 이건 진짜 산딸기구나!' 하는 뜻으로,
감동할 만한 진실을 만났을 때나,
오래 구하던 걸 얻었을 때나,
경상도 사람이 반가운 친구를 만났을 때
"야 이 문둥아!" 하듯이,
그렇게 쓰이는 말인데요.

1992년 여름
나와 내 아내가 마스끄바에서 굶주려서
먹을 것을 찾아 헤매 다니다가
어느 구석에 오니
이 산딸기 한번 되게 싸게는 팔고 있더군요.
어느 수풀들에서 몇 날을 걸려 따 모아 온 것인지
1딸라에 2키로를 사서 들고 먹으니
두 누깔이 금시에 밝아 오더군요.
"에또 푸로스또 말리나!"

이게 실물實物로 이렇게도 싸게 되살아난 건
참말 묘한 일이더군요.

(1992. 11. 25. 서울)

페테르부르크의 우리 된장국

페테르부르크에서 단 한 가호뿐인
한국 식당의 주인은
이민 온 지 여러 대 되는 이 나라 사람의 자손인데요.
어떻게 익혔는지 우리말도 잘하고,
그 아내가 끓여 내는 된장국 맛도
우리나라 여느 집 것보다도
못하지는 않습디다.
이 참 멀고도 치운 남의 나라 사람들 사이에서
어떻게 대대로 이어 살며
이 맛을 잃지 않고 간직해 오셨는지
그걸 생각하며 이 된장국 먹노라니
가슴이 그저 얼얼하기만 합디다.

(1992. 8. 24. 미국, 랄리, N.C.에서)

1991, 1992, 1993년의 기타 시들

무제

친구여
인제부터는
그대 정담情談이니 진담眞談이라는 건
에짚트식쯤으로
새침데기 고양이나
엉터리 당나귀에게
노나 주어 뻐려도 되지 않겠나?
그래
고양이는 늘 냐우웅 냐우웅 울고 다니며
당나귀는 어허허허 건달로 웃고 다니며
둘이서 합의해서
이걸
남이 알아듣게
도란도란
옮기게스리 말이야.

(1991. 7. 5. 서울)

시월상달

저 속 비치는 핏빛 석류알 여섯 개를
저승의 왕한테서 얻어먹은 죄로
한 해의 가을 겨울은 저승에 가 살기로 된
우리 가엾은 페르세포네가
노세 젊어서 노세를 노래 부르며
또 한번 저승 나들이를 떠나니,

내 육십 년 전의 계집애 친구 섭섭이도
시집가서 아들딸도 많이 낳고
손자손녀도 많이 두고 살더니만
웬일인지 이 달에는
나를 찾아 석류 한 개를 쥐어 주고는
어화 넘세 어화 넘……
기분 좋게 꽃상여를 타고 가셨다.

(1991. 7. 29. 서울)

요즘의 나의 시

요즘의 나의 시는
한국과 낮과 밤이 뒤바뀌는
어느 먼 나라의 수풀 속의
나그네의 길가에다 놓아두었다.
이름 모를 한 포기의 풀꽃 속에
집어넣어서 놓아두었다.

나 따라 더듬더듬 걸어다니는
병든 내 늙은 아내에게서
"너 참 용하게는 피어 있구나!"
칭찬을 받던
그 구석의 풀꽃 속에
집어넣어서 놓아두었다.

(1991. 9. 21. 서울)

가을비 소리

단풍에 가을비 내리는 소리
늙고 병든 가슴에 울리는구나.
뼉다귀 속까지 울리는구나.
저승에 계신 아버지 생각하며
내가 듣고 있는 가을비 소리.
손톱이 나와 비슷하게 생겼던
아버지 귀신과 둘이서 듣는
단풍에 가을비 가을비 소리!

(1991. 10. 17. 서울)

기러기 소리

어머니 병들어 누으시어서
삼십 리 밖에 가 계신 아버지를 데리러
터덕터덕 걸어서 갔다 오던 달밤.
열두 살 때의 찬서리 오던 그 달밤 하늘을
줄지어 울고 가던 기러기 소리.
예순다섯 해나 지냈건마는
아직도 귀에 울리는 듯하여라.
아버지의 하얀 무명 두루마기 속으로
내가 치워서 숨어 들어가면은
한층 더 뼈를 울리던 그 기러기 소리
영영 잊혀지지 않어라.

(1991. 11. 24. 서울)

매화에 산새 한 쌍

매화에
산새 한 쌍
좋은 시구절처럼
날아와
앉어 우니나니,

어느 산자락에서
무슨 눈으로
알아보고 날아왔느냐?

무슨 귀로
무슨 코로
듣고 맡고 날아왔느냐?

나보다 더 좋은 시인은
아마도
너희들인가 하노라.

(1992. 3. 18. 서울)

방랑에의 유혹

하늘에서 불을 훔쳐 사람들에게 주었다가
코오카서스의 까즈베끄 봉에서 감옥살이하는
우리 푸로메테우스 군이나 한번 찾어가 보지 않겠나?

가보니까 그 푸로메테우스가
이미 알큰한 양파 따위나 되어 버렸거나
미꾸라지 같은 거나 되어 버렸다면

저 하느님의 심복 노아가 대홍수에
제 식구만 데리고 올라가서 살아남었던
토이기土耳其 땅 아라랏 산으로나 옮겨가 보지그래.

여기 토이기로 말하면
왕년에 희랍의 시성詩聖 호메로스가
한때 거지 노릇하기에도 무던했던 곳이고,
또 우리 대한민국의 정일권 대사가
윗수염까지도 기르며 으시대던 곳이기도 했나니,

친구여.
인제 또다시 더 약어 빠져서는
무엇하겠나?

토이기의 옛날이얘기에 나오는
그 못난 놈처럼
자네도 인제는 비루먹은 당나귀나 한 마리 데리고,
토이기엔 아직도 많은
그 보리밭 가로나 가서
돌며 돌며 살아 보심이 어떤가?

토이기 산의 HOOPOO라는 새는
공짜로 사는 지혜도
곧잘 훈수해 준다 하느니,
어떠신가
이 HOOPOO새 옆에나 가서 놓여서
한번 늘어지게 살아 보시는 것이?

(1992. 4. 30. 서울)

오동 꽃나무

서름이러냐.
서름이러냐.
알고 보니까
그것은 다아
눈웃음 져야 할
어쩔 수 없는
서름이러냐.
마흔 살 넘은
과부의 서름을
보랏빛으로
웃고 서 있는
오동 꽃나무.

(1992. 5. 15. 서울)

지리산 산청

지리산 산청엘 가서 보니깐
보리밭에서 줏었다는 멧돼지 새끼를
제 새끼처럼 가슴에다 안고 다니는
어여쁜 아주머니도 보입디다요.
"새끼가 없어서 이렇지라애"
하면서 안고 다니는 아주머니도애.

부엉이 새끼를 줏어다 기른다는 아저씨가
그 아주머니 바짝 가까이 와서
"그 멧돼지 새끼하고 바꿉시다"고 하니,
"안 되겠니더. 어떻게 부엉이 새끼까지를 다아 안고 기른답니껴?" 하며
슬그머니 뺑소니를 치십디다요.

(1992. 6. 14. 밤. 서울)

놑흐캐롤라이나의 수풀 속에서

햇빛 맑고 공기 고운 미국의 썬벨트 지대
놑흐캐롤라이나의 수풀 속에서
흰 장미 덤불의 향기를 맡고 섰노라니,
두 눈 푸른 페르시아종의 껌정 고양이 한 마리
이 하늘땅이 맞닿은 어드메쯤에서 나타난 것일까
내 앞의 눈부신 햇빛 속에
배꼽을 드러내고 번뜻이 드러누으며
니야웅 니야웅
나보고도 저처럼 한번 해보라는
눈짓을 한다.
선생님은
여기에도 이렇게 계시는 것이다.

(1992. 8. 29. 미국, 랄리, N.C. 큰아들 집에서)

썬 댄스라는 곳에서

다람쥐만 한 두더쥐들이
땅속에서 기어나와
너무나도 꽃다히 맑은 햇볕에
신이 나서 자지러져 춤을 추고 있는 곳.

아메리카 인디언들이
옛부터 오늘까지 이어 모여서
그 '썬 댄스'춤을 추어왔던 곳.

내가 배운 어느 것보다도
이것이 가장 으뜸으로 느껴져서
나는 한 송이 꽃이 되어 흔들렸노라.

(1992. 11. 22. 서울)

* 썬 댄스는 태양의 춤.
* 이 시와 다음 시는 1992년 9월 미국의 옐로스톤 내셔널 파크 여행 때 와이오밍 주에서 겪어 얻은 것이다.

와이오밍의 기러기 소리

'기러기는 날개로서 나는 것이 아니라
생각하는 그 이마로 걸어가는 것이다'는 건
프랑스 사람들의 느낌이었고,
'아니다 이것은 그리움이다.
그리운 사람들이 그 그리운 사람들에게 보내는
그리워 못 견디는 소식이다. 편지다'는 건
한국 사람들의 생각이지만,

내가 1992년 가을
미국 와이오밍의 벌판에서 들은 그건
그 넓은 쌔파여 빛의 하늘 밑에서 들은 그것은
그것은 틀림없는 그 종합 보고였다.
하늘의 한복판으로 보내고 있는
그 울음 끝의 ㅇ소리가 극단으로 밝혀진 그것은
'사람들의 생각은 이렇고 이렇습디다' 하는
한 종합 보고였다.

(1992. 11. 23. 서울)

한솥에 밥을 먹고

한솥에 밥을 먹고 앗소 님아
딴마음은 왜 내는가 앗소 님아
김칫국 끓여서 국 말어 같이 먹고
방기도 같이 뀌고 님아
딴마음은 또 왜 내는가 앗소 님아

(1993. 1. 17. 서울)

쬐끔밖엔 내릴 줄 모르는 아조 독한 눈

나주 부사 잔치에서
이나 잡고 앉었다가
은어맞고 쫓겨 가던
황진이야 네 눈물이
어디 가서 얼었다가
인제야 풀려 오느냐?
쬐끔밖엔 내릴 줄 모르는
아조 독한 눈아. 눈아.

(1993. 1. 17. 서울)

봄 가까운 날

까치야 까치야 우리 산까치야
네가 와 그리도 지저귀어 우니
내 어린 때의 계집애 친구
초록 저고리 입었던 순실이가 다 생각나는구나.
보리밭에 나물 캐는 걸 처음 배워서
그걸 이 세상에서 제일로 좋아해서
여섯 살짜리 나를 데리고 다니며
종달새보다 더 이쁘게 소리내 웃던
그 순실이란 계집애가 다 생각나는구나.
하늘과 땅을 그렇게도 반갑게 만들어 주던
그 계집애 웃음이 생각나는구나.
그 다음 핸가 그 그 다음 핸가
기척도 없이 저승으로 간 계집애
그 계집애는 시방 저승의 어디메쯤에 있는지?
어디메쯤에서 혼자 나물을 캐고 다니는지?
알거던 까치야 말해다오 까치야.

(1993. 2. 7. 서울)

우리나라의 열두 발 상무上舞

(적당한 다른 예가 없어 미안하지만)
마치 좋은 내외가
깊은 밤 잠자리에서 그 짓을 하듯
어디 하느님 딸이나 하나 데린 듯이 그 짓을 하듯
"좋……네……좋……네……
좋네……좋네……좋네……좋네……
좋네좋네좋네좋네좋네좋네좋네좋네……
좋……네……좋네……좋……네……좋네……"
하늘에다가 대고 요로코롬
그 머리의 그 기인 열두 발 상무를
마구 내젓고만 있나니,
존댓말이 아니구
반말로써만
연거푸 연거푸 내젓고만 있나니,
이 하늘 밑에서
이런 반말의 대가리춤은
아마도 우리뿐인가 하노라.

(1993. 3. 2. 서울)

비가 내린다

저 훔벅스런 모란꽃 같던
양귀비의 살 속의 물기
어디로 어디로 구름 되어 떠돌다가
지금 마악 비 되어 내린다.
그 옆에서 송시頌詩를 쓰던
이백李白이의 장딴지를 맴돌던 물기도
마찬가지로 비 되어 내린다.
아돌프 히틀러란 녀석의 물기도,
성춘향이의 물기도,
심청이의 아버지 심봉사의 물기도,
일본 식민지 시절의 종로 뒷골목의
가장 배고팠던 동냥아치의
창자 속의 물기도
어디로 어디로 구름 되어 떠돌다가
지금 마악 비 되어 내린다.
그 서럽고도 서러운 취주악으로
쭈룩쭈룩 비 되어서 내린다.

(1993. 3. 26. 서울)

기러기 울음 속에는

기러기 울음 속에는
기막히는 것이 들어 있다.
찬서리 오시는 음 시월 밤에
홑옷 입은 가난한 선비 부자가
한 삼십 리 앞뒤서 걸어가면서
함께 들어볼 만한 대단한 걸 가졌다.
브라질 사람들은
이놈이 언젠가 하늘의 해를 훔쳐 가지고
저만 훤하게 날아다니다가
브라질 쌈바 춤꾼들에게 붙잡혀 뺏긴 뒤로는
이렇게 울게 되었다고도 하지만
그것은 얕은 해석일 것이고,
어느 햇빛도 못 녹이는 크나큰 슬픔이
드디어 반가웁디반가운 사랑이 되어 사는
무슨 그런 걸 가지고 있다.

(1993. 3. 28. 서울)

메소포타미아(이라크) 신화를 읽고

메소포타미아의 신화에서 보면
어떤 남신男神께서는
그의 손톱 밑의 때로
그의 신성한 신관神官을 만들어서
부리고 있는데요.
이 신관이
끝까지 깨끗하게 잘해 줄는지
그게 문제겠는데요.
왜냐면 자료가 때니까
언젠가는 때노릇을 다시 하지 않을까
고로코롬 생각이 돼서 말씀이요.

(1993. 4. 6. 서울)

티베트 이야기

코끼리와 원숭이와 토끼와 산새가
넷이서 사이좋게 무화과나무 앞에 와서
"우리 넷 중 누가 먼저 이 나무를 보았나?
먼저 본 차례대로 형 노릇을 하자"고
그중에 산새가 의견을 냈는데요.

"나는 저 나무가 내 키만 할 때 처음 보았다"고
코끼리는 말하고,
"나도 저 나무가 내 키만 할 때 처음 보았다"고
원숭이도 말하고,
"나는 저 나무가 새싹일 때 처음 보았다"고
토끼는 대답하고,
"내가 누은 똥에서 그 새싹은 자랐느니라"고
산새는 대답해서요.

산새가 제일 큰형이 되고
토끼가 둘째형이 되고
원숭이가 셋째형이 되고

키 큰 코끼리는 맨 막내아우가 되었지요.

그래서 코끼리는 원숭이 형님을 업고
원숭이는 또 토끼 형님을 업고
토끼는 또 산새 형님을 업고
그렇게 4층으로 업고서
무화과나무 앞을 떠나갔에요.

(1993. 4. 10. 서울)

범부채꽃

범이
할랑할랑
부채질이나 하고 살듯이
그렇게나 살아 보자고
할머니가
장독대에 심어 놓은
범부채꽃은
유월이면 피었었지요.
그것은
괜찮은 사상思想이었지요.

(1993. 4. 21. 서울)

이슬비 속 창포꽃

나보다 스물두 살이 손위인
일본인 여선생님은
목욕을 하신 뒤의 유까다 바람으로
다다미방 자리 위에
번뜻이 누어 계시고,
열두 살짜리 나는
무명 홑바라지로 그 앞에 앉아
"이 여자는 참 깨끗하다.
살결도, 눈도, 이빨도, 손톱도, 발톱도,
우리보다 훨씬 더 이쁘다."
그런 걸 마음속으로만 생각하고 있었다.
유리창 밖에는
축축한 이슬비가 이어 나리고
그 빗속에 뜰의 창포꽃들이
그 찐한 보랏빛 눈으로
나를 빤이 쳐다보고만 있었다.

(1993. 4. 23. 서울)

* 유까다는 목욕을 한 뒤 입는 얇은 무명 홑옷, 다다미는 속에 짚을 넣어 두툼하게 한 돗자리.

낭디의 황혼의 산맥들의 주름살

이 세상에서
가장 아름다운 주름살을
그 얼굴들에 만들어 가지고
황혼에 나란히 앉아 있는
늙은 미녀들의 일단―團을
보신 일이 있는가?

아직도 못 보았거던
남태평양의 섬나라
휘지의 낭디로 가게.
거기 가서
고요한 해 질 녘을 쭈구리고 앉아,
그 너무나 이쁜 주름살을
지는 햇빛에 접어 보이고 있는
산들의 산들의 그 속셈을
가만히 가만히 음미해 보게.

이 섬나라 사람들이

제일 좋은 맛으로 누리고 사는 것도
역시나 그 '색'이라는 것일 텐데,
그 '색'이라는 걸
어떻게 좋게 다루고 살면
저런 고운 주름살을 만들 수가 있을까?
그런 것을 생각하며
앉아 지내 보시게.

(1993. 6. 29. 서울)

실제失題

1993년 7월 초하룻날 오늘
장마 뒤의 맑은 햇빛에
어디에서 왔는지 흰나비 한 마리
내 좁은 뜰에 와 날으고 있다.
아직도 저 장자의 소요유逍遙遊의
제1소재까지는 전멸은 안 되었구나.
이만큼은 아직도 살아갈 만하구나.

(1993. 7. 1. 서울)

페르샤 신화풍

멋쟁이 신하들은
수꿩 장끼같이 차려입고서
좋다고
수꿩 장끼같이 낄낄거리고,

바람난 공주는
창 밑의 땅에 정남情男이가 나타나면은
그 길고도 질긴 머릿다발을 풀어 내려뜨려
그걸 붙잡고 정남이가 잘 올라오게 하시고,

위대한 왕자는
어머니 말고
한 마리 암소가 젖을 먹여 기르며,
또는 데마벤드 산의 크나큰 새가
먹이를 물어 날러 길러 냈나니,

이상은
다

괜찮은 일이지요만,

웬 놈의 시비와 싸움은 그리도 많아서
항시 질질질질 피만 흘리고
그리도 비참한 말로들을 차지했는지?
그러면서
'운명은 하늘에 맡긴다'고 주장했는지?
왜 하늘하고 직접 더 상의도 안 해 보고
고로코롬만 살아왔는지?

그건
정말
이상합니다.

(1993. 7. 15. 서울)

눈물 나네

—1993년 7월 19일 아침의 하늘을 보고

눈물 나네 눈물 나네
눈물이 다 나오시네.
이 서울 하늘에
오랜만에 흰 구름 보니
눈물이 다 나오시네.

이틀의 연휴에
공장 쉬고
차 빠져나가
이 서울 하늘에도
참 오랜만에
깜정 구름 걷히고
흰 구름이 떠 보이니
두 눈에서
눈물이 다 나오시네.

(1993. 7. 20. 서울)

이 세상에서 제일로 좋은 것

이 세상에서 제일로 좋은 것은
낳아서 백일쯤 되는 어린 애기가
저의 할머니 보고 빙그레 웃다가
반가워라 옹알옹알
아직 말도 안 되는 소리로
뭐라고 열심히 옹알대고 있는 것.

그리고는
울타릿가 감나무에
산까치가 날아와서
뭐라고 거들어서
쨋째거리고 있는 것.

그리고는
하늘의 바람이 오고 가시며
창가의 나뭇잎을 건드려
알은체하게 하고 있는 것.

(1993. 8. 20. 서울)

제15시집

80소년 떠돌이의 시

시인의 말

내가 좋아하는 시와시학사의 요청으로, 1993년 11월 10일 민음사 발행의 내 시집 『늙은 떠돌이의 시』 이후 최근까지 써놓은 시편들을 간추리어 모아서, 『80소년 떠돌이의 시』란 이름으로 다시 한 권의 시집을 내놓아 보기로 했다.

시라는 것 이것은 말하자면 '점입태산漸入泰山'인 것으로, 오래 쓸수록 깊은 산골 속의 애로들만 더 첩첩이 많이 겪어야 하는 것인만치, 이걸 또 한 권 내는 현재의 내 심경은 미련하게 늙은 숫소 한 마리가 어느 마당가에서 그 먹은 풀들을 거듭거듭 되뱉어내 되새김질하고 있는 꼬락서니만같이 느껴질 뿐인 것이다.

어이턴간에 폴 발레리도 어느 책에선가 말씀했듯이 이것들의 평가는 이걸 읽는 독자들이 알아서 할 일이다.

이 책의 제목을 '80소년 떠돌이의 시'라고 한 까닭은 내 나이가 올해 83세인 데다가, 아직도 철이 덜 든 소년 그대로고, 또 도道도 모자라는 떠돌이 상태임을 두루 요량해서 그렇게 했다.

1997년 5월 2일
관악산 봉산산방에서

* 편집자주—이 전집에는 시집 2판에 추가된 시 3편(「우리나라 아버지」 「우리나라 어머니」 「겨울 어느 날의 늙은 아내와 나」)을 함께 실었다.

『늙은 떠돌이의 시』이후의 1993년 시편

당명황과 양귀비와 모란꽃이

당명황唐明皇과
양귀비와
모란꽃이
어느 날
함께
열반 극락에 들어가 보자고
하늘로 하늘로 솟아올라 갔는데,

당명황과 양귀비는
구름 엉킨 언저리에서
동침하고 싶어
다시 땅으로 내려와
방으로 들어가 버리고,

모란꽃은 시들어 떨어져서
그 꽃빛만이 더 높이 날아올라서
해와 달과 별들 옆을 감돌고 있었는데,

그 마음씨만은 아조나 자유라 놓아서
그 빛갈마저 다 벗어 던져 버리고
색계와 무색계 넘어
열반에 들어 자취도 없이 앉어 계신다.

우리 집의 큰 황소

그 큰 황소가
언제부터 우리 집에 와서 살고 있었는지
그것까지는 모르지만,
내 어린 눈에 처음 뜨인 이 나그네는
아주 점잖하고 깨끗하고 믿음직해서
우리 집의 누구보다도 더 어른다워 보였다.
여름밤엔 마당가의 모깃불 옆에서
풀을 먹으며 새김질을 하다가는
한숨을 후우 내쉬었는데
이것도 할머니 껏보다도 훨씬 더 크고 높아서
우리 집 지붕에 가즈런하여
그가 사실은 우리 집 주인인 것만 같았다.
이 세상 사람들과 가축들 중에서
가장 구리지 않은 푸른 똥을 누던 소.
그 소에게 좋은 무엇을 줄까
나는 늘 망설이고만 있었는데,
어느 해 봄날 우리 집 머슴이
이쁘게 산에 핀 진달래 꽃다발을 만들어서

이 황소의 두 뿔 사이에다 걸어 준 건
아조 썩 잘한 일이라고 생각했었다.
이 착한 나그네 소는
여러 해 동안을 날이 날마닥
어른 몇 갑절의 일을 하고 지내더니,
어느 날엔 고삐에 끌려 나간 채
영영 돌아오지 않고 말었는데,
뒤에 알아보니
도살장이란 데 끌려 들어가서
도끼로 머리를 얻어맞고 죽어서
그 쇠고기라는 게 되었다나.
그러나 나는 지금 확실히 생각한다.
'그는 전생의 무슨 죄로
이렇게 살고 갔거나 간에
지금 저승에서는
한 신선의 자리로 되돌아가
제법 그럴싸한 관도 하나 쓰시고
어느 좋은 소나무 밑에쯤에

아조 점잖게 앉어 계실 거라'고……

일곱 살 때 할머니에게서 들은 흰 암여우 이얘기

횡하게 휘영청 밝은 달밤엔
꼬리 아홉 개 달린 흰 암여우가
우리 집 뒤꼍 세 갈림길에서
재주를 휙 하고 한 번 넘으면
쉬는 숨결에서도 항시 좋은 향내가 나는
꽃보단도 더 이쁜 여자가 되어
사내들을 호리러 나온다고,
어느 달밤에 할머니가
눈웃음치며 말씀하셔서,

나도 사내는 사내인지라
이튿날 아침엔 나막신 신고
골목길로 나서서
한 식경을 기웃거리며 찾어보았지만
영영 그 모양은 보이지가 않어서,

언덕에 올라
개[浦] 너머 산 쪽을 건네다보니

보리밭 위에 흰 구름만 둥둥둥 떠가면서
그 구름 그늘에 보리 누른 빛이
어섬프레 잠기고만 있었을 뿐,

여든 살이 된 이날 이때까지도
그런 여자를 만나 본 일은 없다.
숨결이 늘 향기로운 그런 여자도,
그 아홉 개의 흰 꼬리가 드디어 드러나는 여자도
아직까지는 본 일이 없다.
아마 이것은 할머니가
못된 여자를 조심하라는 뜻으로
내 나이 일곱 살 때에 일찌감치 말씀해 두신 것이겠다.

논가의 가을

가을 논에서
노랗게 여문 볏 모개들이
"좀 무겁다"고 머릴 숙이면,

"좋지 뭘 그렇세요?" 하고
메뚜기들은 툭 툭
튕기며 날고,

그 메뚜기들의
튀어나는 힘의 등쌀에
논고랑의 새끼붕어들은
헤엄쳐 다니고,

그게 저게 좋아서
논바닥의 참게들이
고욤나무 밑 논둑길까지
엉금엉금 기어나가면,

"얼씨구절씨구 지화자자 좋다!"고
농군 아저씨들은 어느 사인지
열두 발 상무를 단 패랭이를 쓰고서
그 기인 열두 발의 상무를
마구잡이로 하늘에다 내젓고 있었네.

서지월이의 홍시

대구의 시인 서지월이가
"자셔 보이소" 하며
저희 집에서 딴 홍시들을 가져왔기에
보니 거기엔
산까치가
그 부리로 쪼아 먹은
흔적이 있는 것도 보여서
나는 그걸 골라 먹으며
이런 노나 먹음이
너무나 좋아
웃어 자치고 있었다.

1994년 시편

고창 선운사의 동백꽃 제사

고창 선운사의 수만 송이 동백꽃이
핏빛으로 핏빛으로 떨어져 내려
봄의 풀섶들이 슬퍼 울게 하는 날은
고창 사람들은 그 동백꽃 넋들이 너무나도 안쓰러워
하늘로 하늘로 두 손 모아서
그 넋들을 보내는 제사를 지낸다.

첫사랑의 시

국민학교 3학년 때
나는 열두 살이었는데요.
우리 이쁜 여선생님을
너무나 좋아해서요.
손톱도 그분같이 늘 깨끗이 깎고,
공부도 첫째를 노려서 하고,
그러면서 산에 가선 산돌을 줏어다가
국화밭에 놓아두곤
날마다 물을 주어 길렀어요.

쿠란다 산의 '나비의 성역'에서

—호주 시편 1

어느 깊푸른 바다에서
물들어 나온 것이냐?
어느 하늘 속의 신바람에
젖어서 나온 것이냐?

새파랗게 마냥 기쁜
날개들을 팔랑거리며
늘 항상 하늘나라의 춤을 추고 있는
'율리시즈'란 이름의 희한한 나비 떼들!

호주라 케엔즈의 쿠란다 산에 와서
꿈속도 아니오
장자莊子도 아닌 현실의 내가
어느 사인지
그 '율리시즈' 나비의 한 마리로 둔갑하여
파다거리고 있는 걸 보다! 보다! 보다!

쿠란다 산골
—호주 시편 2

소년 천재 시인 아르뛰르 랭보가 아니라도
꼬꼬닭하고 인사말도 나누고,
산새들 나비들하고도 속사정도 말하고,
향 맑은 꽃들하고도 서로 소근거릴 수 있는
그런 순도純度를 아직도 가진
쿠란다! 쿠란다! 쿠란다 산골!
첫 '에덴'의 숨결 그대로인
호주 케엔즈의 쿠란다 산골!

콩꽃 웃음
—8도 사투리 시 1

산청 함양의
진보랏빛 콩꽃이사,
그 콩꽃 옆에서
그 콩꽃 웃음 짓는
지리산골 아가씨사,
신라 천년의 선덕여왕보다도
한결 더 조용하고 이슥키만 하거니
우얄꼬? 우얄꼬?
이슥해서 우얄꼬?

안동 소주
— 8도 사투리 시 2

안동 밀밭들의 햇빛 냄새를 잊으셨니껴?
종달새들이 그리워서 많이 많이 깃들이어
거기서 알을 낳고 새끼 쳐 길러 내서
그 노래로 새 아침을 밝혔지러얘.

바로 그 밀밭 내음샙니더.
바로 그 종달새들 노랫소리입니더.
안동의 어머니들이얘
그 밀알로 누룩 딛어 술 빚어내서
그 아랑주 끓이어 이슬 만들어
그 이슬을 따 모아서 가져온 것이
하므 하므 안동 소주 이것이니더.

충청도라 속리산 화양골의
—8도 사투리 시 3

충청도라 속리산 화양골의
아홉 굽이 흐르는 맑은 냇물가에, 예,
구부정정 굽은 가지 드리운
옛 소나무들 이것이 우리 마음이예유.
이것이 좋은 건지 언짢은 건지
그것까지는 잘 모르지만서두, 예,
이것이 정말로 우리 본마음이예유.

이화중선이 이야기
—8도 사투리 시 4

우리가 지지리는 못나 빠져서
일본 식민짓것들이 되어 살고 있을 때,
'꽃 중에선 연꽃'이라는 뜻으로
화중선花中仙이란 이름을 붙여 가졌던
이 나라의 여자 국창國唱이 계셨었지라우.
이 여자의 육자배기 노랫소리는
음력 보름달은 보름달이지만
구름에 송두리채 다 가려져 버린
그런 침침한 달빛 같어서
서럽고도 어두어 견딜 수 없었어라우.
그녀는 가난해 먹을 것이 없어서
기생이 되었다가 자살하고 말었는데라우.
뭐라고 이 귀신에게 위로엣말을 해야 할지
아무리 생각해 봐도 생각이 안 나는데라우.

폭설

―8도 사투리 시 5

야! 눈이 오네! 눈이 오네!
마구잡이로 눈이 오네!
경상도 안동 말로
희한하겐 눈이 오네!
전라도 광주 말로
아이 잡껏 지랄하네!
함경도 함경도 말로
야! 이! 새쓰개야!

* 새쓰개는 '미친 사람'이라는 함경도 말.

야채 장사 김종갑 씨

헌 트럭에 야채들을 실고 다니며 파는
야채 장사 김종갑 씨는
한 다리는 절지만
그 아들 하나를 명문대학에서 공부시키는 걸
재미로 여겨 살고 있는 사내로서,
봄부터 가을까지는
내가 사는 서울의 남현동에서 야채를 팔고,
겨울에는
그의 고향인 경상북도 선산에 가서
고구마를 삶어 먹고 살다가 오는데,
그가 지낸 늦가을에 내게 판
그 배추로 김치를 담었더니
이 봄 4월에
이걸 와서 먹어 본
내 일가친척들은
"이렇게 안 신 김치는 처음 먹어 본다"고
감동들을 한다.
그래 나는

'박정희 전직 대통령이나
그를 쏘아 죽인 김재규의 고향도
경상북도 선산이지만
같은 선산 출신으로는
김종갑 씨가 훨씬 더 윗사람이다'고
생각해 본다.

씨베리아 미인들의 황금이빨 웃음

씨베리아 찬바람에
백설기 떡같이
흰 살결을 한
씨베리아 미인들이
황금이빨들을 박어 가지고
씨익 웃습네요.

미인의 황금이빨 웃음은
우리네 세상에서는
이미 너무나 구식이지만,
씨베리아 찬바람 속에서
보자니깐
이것도 따스하게 느껴지는 게
괜찮습네요.

1994년 7월 바이칼 호수를 다녀와서
우리 집 감나무에게 드리는 인사

감나무야 감나무야
잘 있었느냐 감나무야
내가 없는 동안에도
언제나 우리 집 뜰을 지켜
늘 싱싱하고 청청키만 한 내 감나무야.
내가 씨베리아로
바이칼 호수를 찾어가 보고 오는 동안에
너는 어느 사이
푸른 땡감들을 주렁주렁 매달었구나!
나는
1742미터 깊이의
이 세상에서 제일 깊고 맑은
호수를 보고 왔는데,
너도
그만큼 한 깊이의 떫은
그 푸른 땡감 열매들을
그 사이에 맨들어 매달었구나!
내 착한 감나무야.

어린 집지기

한여름 휘영청히 맑고 밝은 낮
아버지는 산 넘어 벌이 가시고
어머니 할머니는 밭에 가시고
다섯 살짜리 나 혼자서 빈집 지켰다.

휑하게 넓고 푸른 하늘에 잠겨
뒷산 뻐꾸기 울음소리에
내 숨소리 맞추어서 숨쉬고 있다가는
툇마루 가에 걸터앉어선
두 다리를 까딱 까딱 까딱거리고,

나도 어느 사이 뻐꾹새 소리 되어
싸늘한 다듬잇돌 베고 누어선
아슬아슬 선잠 속에 들어갔었다.

어린 집지기의 구름

다섯 살짜리
어린 집지기의 자유가
어느 만큼 잘 익은
어느 밝은 오후에
주춤주춤 걸어서
집앞 시냇가로 가보니,
역귀풀꽃 테두리한
그 맑은 시냇물에
그림자 드리운
흰 구름 한 송이 떠서
나를 마중 나와
내 머리 위에 올라앉았었다.
그래 이때부터 나는
이 구름을 늘 내 머리에 매달고
살아오다가 어느 사이 80이 되었다.

80세의 추석날 달밤에

순 무명의 흰 이 홑바라지 입고
어디로 가랴?
어디로 가면 똑바로 가는 것이냐?

다섯 살 때 추석날 밤에
그 휘영청하던 밝은 달밤에
할머니가 따다가 내 입에 물려 주신
풋대추!
그 풋대추 그리워
이 추석에도 그걸 한 됫박 사다가 놓았느니

이거나 하나 이 밤도 입에 물고
어디로 가랴?
어디로 가면
똑바로 가는 것이냐?

손바닥을 보며

내 손바닥을 햇볕에 펼쳐 보니
거기엔 에베레스트 산도 들어 있고,
백두산도 들어 있고,
내 고향 질마재의 쇠산도 들어 있다.

사막을 달려가는 사자도 몇 마리,
우리나라 단군 때를 날으던 학도 몇 마리,
그러고는 일제 말기의
종로 뒷골목의 깡패 거지도 몇 명 들어 있다.

그러니 지금 나는
이 손바닥을 걸머쥐고 나가서
어느 술집에 앉아 쐬주나 마시랴?
아니면 잘난 체라고 고함이나 한번 쳐 보랴?
아니면 그저
죽으랴?! 죽으랴?! 죽으랴?!

열두 살 때의 중굿날

갈대밭 위 날으는 기러기 소리에
어머니는 국화꽃을 벼갯모에 수놓고,
나는 뒤란의 국화밭 사이
숨겨 놓은 하이얀 산돌에다가
잘 크라고 샘물을 길어다가 주었느니……
그러고는 열 손가락의 손톱을 깎었느니……
가즈런이 가즈런이 이뿌게는 깎었느니……

요즘 소식

뻐꾹새들도
"가슴이 아푸다"면서
우리들의 산에선 떠나 버리고,

기러기들도
"눈이 아푸다"면서
우리들의 하늘에선 떠나 버린다.

우리의 넋도
대기층 넘어
천국이나 극락에 가서
살 수밖엔 없이 되었다.

하느님보고
실한 동아줄이나 하나 내려 주시래서
그거나 타고
하늘 깊이 들어가서 살아야만 하겠다.

보세報歲—묵란

"이웃사촌이
비단옷을 입으매
그 사돈의 팔촌까지도
두루 따뜻하다"는 말이 있듯이

부귀한 남의 집
아름다운 여인들이 풍기는
싸한 내음새처럼
멋들어지게는 내 코를 간지르는
묵란墨蘭의 향기여.

네 향기와 빛의 덕으로
나도 어느 사인지
아조 아조 부유스럼한
코와 눈이 되었구나.

1995년 시편

한란 세배

겨울 하늘을 울며 날으던
서러운 서러운 기러기 떼들이
오랜 치위에 여위어 죽어서
마침내 그 넋의 소리로만
남어서 숨어 피어난 듯한
한란꽃. 한란꽃. 한란꽃.

세배나 같이 가련?
가난한 늙은 아버지 어머니들만이
끄니도 안 되는 농사를 짓고 계신
우리 고향의 음력 설날엔
한란아 너도나 함께 세배나 가련?
내 착한 한란아!

지난해와 새해 사이

지난해와 새해 사이,
저승과 이승 사이,
한란꽃이 그윽히 피었다.

이 한란꽃에서는
돌아가신 내 어머니 냄새가 나고,
뛰노는 내 어린 손자의 냄새도 난다.

"어머니!" 하고 내가 부르면
"오냐……" 하고 대답하시며
허서글프신 웃음을 어머니는 웃으시고,

"아가!" 하고 또 내가 부르면
"이게 뭔데?" 하고 내 어린 손자는 달리어 와서
내 가슴패기에 얼싸안긴다.

늙은 사내의 시

내 나이 80이 넘었으니
시를 못 쓰는 날은
늙은 내 할망구의 손톱이나 깎어 주자.
발톱도 또 이쁘게 깎어 주자.
훈장 여편네로 고생살이하기에
거칠 대로 거칠어진 아내 손발의
손톱 발톱이나 이쁘게 깎어 주자.
내 시에 나오는 초승달같이
아내 손톱 밑에 아직도 떠오르는
초사흘 달 바래보며 마음 달래자.
마음 달래자. 마음 달래자.

나는 아침마다 이 세계의 산
1628개의 이름들을 불러서 왼다

나는
날이 날마닥 아침이면
이 세계의 산 1628개의 이름을
소리내어 불러서 왼다.
이것은
늙어 가는 내 기억력의 침체를 막기 위해서지만,
다 불러서 외고 나면
킬리만자로 산 밑의 사자 떼들,
미국 서부 산맥의 깜정 호랑이 떼들,
히말라야 산맥의 흰 표범의 무리들도
내게 웃으며 달려와서 아양을 떨고,
또 저 트리니닫의 하늘의 홍학의 무리들도
수만 마리씩
그들의 수풀에 자욱히 날아 앉어
꽃밭이 되며 꽃밭이 되며
나를 찬양한다.
해와 달도 반갑게는 더 밝어지고,
이래서 나는 다시 살아나는 것이다.

에짚트의 햇님

나일 강에 날이 새면
연꽃 한 송이 피고
그 연꽃 속에서
잠 깬 애기가 나와
하늘의 해가 되어서
하로낮의 세상을 키우지.

그러고
밤이면
그 해애기는
다시 고스란히
나일 강의 연꽃 속으로 들어가
잘 주무시지.
아조 잘 주무시지.

바이칼 호숫가의 비취의 돌칼

공부하며 시를 쓰고 살다가
마음이 너무나 울적해질 때,
생각하며 느끼고 있다가
가슴이 그만 두근거릴 때,
그대 그리워 애태우고 있다가
두 볼이 불그스레 달아오를 때,
나는 할 수 없이 구석기 시대의
싸늘한 돌칼을 집어 뺨에 댄다.
이십만 년 전의 구석기 문명 때에
우리 퉁구스 족이
바이칼 호숫가의 바이칼 산맥에서
캐내인 비취로 만든
그 싸늘한 쑥빛의 돌칼을
더운 내 두 뺨에 대고 또 대며
내 감정과 사상을 식힌다.
1742미터 깊이의
이 세상에서 가장 맑은 바이칼 호숫가의
바이칼 산맥에서 캐낸 비취옥의 돌칼!

이것을 빰에 대고 또 대어
내 감정과 사상을 식힌다.
그러면 그 구석기 문명 시절의
그 맑은 해가 떠올라 와서
나를 제대로 일깨워 세운다.

* 내가 가진 비취옥의 돌칼은 그 재료는 물론 바이칼 산맥에서 나온 것이지만,
그 제조는 요즘에 옛것의 모양을 본떠서 만든 것이다.

질마재의 내 생가

내가 생겨나서 자라던
질마재 마을의 내 생가가
병들어 다 삭아서 무너지게 됐으니
올해에는 기어코 이걸 새로 지어 세우리라.
내가 어렸을 때
어른들이 모다 들일을 나가시면
나 혼자 마루에서 그 빈집을 지켰느니,
뒷산 뻐꾹새 울음소리에
숨을 맞추어 쉬다가는
그대로 흐렁흐렁 잠이 들던 그 마루
그 마루를 그대로 남겨서
올해에는 기어코 다시 일어세우리라.
뿔뿔이 외국에 나가 흩어져 사는 내 자손들
그들이 돌아오면
이 마루에 앉어
내가 듣던 그 뻐꾹새 소리를
한때씩 듣고 있게 하리라.

1996~1997년 시편

1996년 음력 설날에

고향으로 가네,
고향으로 가네,
서울 와 사는
그 많은 시골 사람들
음력 설날이면
고향으로 가네.

보리밭에 낳아 자란
종달새 떼들
제 보리밭 찾어 날아가듯이
모조리 모조리
고향으로 가네.

보리밭은
이 땅에선 온통 사라져
구름 너머
하늘에만 살아 있으니,
푸른 하늘 속으로

달리어 가네,
기차 타고 뻐스 타고
달리어 가네.

한란寒蘭 너는

한란아 너는
앙리 룻소의 그림—
'집시와 사자'에서
달밤 사막에 깊이 잠든
맨돌린 옆의 집시를 지키는
그 숫사자의 마음씨 같다.

그 사막에서
천천이 일어나서
바닷가로 가
천지를 울리는 크나큰 소리로
파도를 잠재우려던
스테화느 말라르메 시 속의
그 사자 소리다.

아니다, 아니다, 한란아 너는
바로 하느님의 말씀의 가락이다.
옛날 에덴의 생명나무를

천사들이 에워싸고 맴돌고 있을 때
거기 내리시던 그 말씀의 가락이다.

쏠로몬 왕의 애인의 이빨

쏠로몬 왕의 애인의 이빨들은
물론 희기는 희었었지만
달빛이나 옥빛같이 흰 게 아니라
흰털 난 암양들같이 희었었나니……

자라난 양털을 새로 잘 깎고 난,
깎고 나선 목욕을 또 잘 하고 난,
꿈틀대는 암양들같이 아조 이뻤었나니……

뿐만이 아니라 그것들은 또
낱낱이 다 쌍동이를 밴
고마운 암양들같이 귀여웠나니……

* 『성경』의 「아가」 4장 2절 참조.

쏠로몬 왕의 바다

소 세 마리는 북쪽을 보고,
소 세 마리는 서쪽을 보고,
또 소 세 마리는 남쪽을 보고,
또 세 마리는 동쪽을 보고,
그리고 그 엉덩이들은 모조리
한가운데로 향하고 있는
위에
쏠로몬은
그 큰 바다를 얹어 놓아두었었다.
그리하여
이 바다의 윗부분은
금방 피어나는
백합꽃 한 송이로 생각하고 있었다.

* 『구약성서』의 「역대 하」 4장 4절 참조.

어느 날의 까치

어느 날 저녁나절
관악산의 까치 한 마리
우리 집 뜰에 날아들어 오더니만
후박나무 가지에 앉아
그 부리로
깃털 사이의 이를 잡아먹고 있었다.

내 어렸던 날의 어느 겨울밤에는
우리 친척 중의 어떤 여인네도
그 옷 속의 이를 잡아서
흰 이빨로 이렇게 씹어먹고 있었나니,
이 까치도 그 비슷해서
한 친척같이만 느껴지는 것이었다.

38선 따라지보단 한 끗 더 팔자 세계
—1996년의 추석 전날에

추석 쇠려고 쌀 한 푸대 사고,
풋대추 한 됫박 사고,
또 무엇 사고 무엇 사고 나니
내 돈지갑엔 삼만구천 원이 달랑 남는다.
그래 내 생각으론
'39는 38선 따라지보단
한 끗 더 많으니
내 팔자는
그만큼은 더 센 것이로구나!'
하는 것이다.

도로아미타불의 내 햇살

아내 손톱
말쑥이 깎어 주고,
난초
물 주고 나서,

무심코
눈 주어 보는
초가을날의
감 익는 햇살이여.

도로아미타불의
도로아미타불의
그뜩이 빛나는
내 햇살이여.

무주공산

무주공산이로다.
무주공산이로다.
화투의 달 스무 끗짜리의
텡 텡 비인
무주공산이로다.
무주공산이로다.
노란 동전 10원짜리의
여기는 진짜 무주공산이로다.

석류 열매와 종소리

청년 예수 그리스도가
십자가에 못 박히셨을 때
흘리시던 피의 그 맑은 루빗빛으로
낱낱이 물들은
저 석류 열매 속의 석류 알알들!

그 맑은 핏빛의 소리를
푸른 하늘의 하느님의 귓가에
뗑 뗑 뗑 울리던 그 쇠종 소리들!

이런 석류 열매와
이런 종소리를
아울러 가진
이스라엘 민족은 복이 있나니……

모세의 형님 아론의 때부터
그 맨 처음의 제사장 때부터
이 석류와

이 종소리를

그 두루마기의 아래춤에 수놓아

울리게 하던 울리게 하던

이스라엘 민족은 복이 있나니……

* 『구약성서』의 「출애굽기」 28장 31절 참조.

벵상 방 고의 그림 〈씨 뿌리는 사람〉을 보고

칼국수 만들려고
밀가루 반죽해서
방망이로 펴놓은 듯한
맷방석만 한
노오란 달 하나 먹음직하게
나즈막히 뜨시고,

역시 프랑스에서도 만고절색인
그 나이 이슥한 살구나무에
몇 송이 살구꽃도 좋이 피었네.

분홍 구름도 몇 줄
동녘 하늘엔 들러리 섰나니,
이 봄날의 대지에
씨 뿌리지 않고 어이 견디리?
베레모 쓴 청년 하나
밀 씨를 뿌리고 있네.

뻰상 방 고의 그림 〈감자를 먹고 있는 식구들〉을 보고

석유 램프 불 켠
어둠침침한 방에서
할아버지 할머니와
아버지 어머니와
딸
다섯 식구가 삶은 감자를 먹고 있소.
할아버지는 할머니한테
감자 한 알을 집어 주며
"임자도 좀 먹어 봐!" 하는데,
할머니는 무뚝뚝이
커피만 두루 따루고 있고,
아버지는 그의 엄마가 걱정이어서
물끄러미 치어다보고,
어머니는 그렇지
밖에서 누구 알발 벗은
예수님이라도 오시는 듯한
눈초리를 하고,
한 열한 살쯤 되어 보이는

단발머리 어린 딸만이

등 두르고 앉아서

열심히 열심히

그 감자들을 집어 먹고 있소.

캄차카의 좋은 운수

캄차카에 가서
제정 러시아 때의 후작 각하의
증손녀 하나를
운수 좋게는 만나게 됐네.

니콜라이 레닌의 공산주의 혁명 때
그녀의 증조부는 사형까지는 안 당하고
시베리아 유형으로 쫓겨났는바,
그 뒤 그는 이 캄차카에 와서
바닷고기잡이의 어부가 되어
천신만고 자손을 퍼트리고 살아온 결과
이 증손녀도 오늘날에 남아 있게 된 것이래나.

그래 이 여자는 지금은
나와 친하게 된 어떤 우리 교포 사나이의 후처가 돼 있기 때문에,
어느 맑은 날 오후엔
내 맥주 안주를 마련하기 위해
나와 함께 언덕 밑의 잡풀더미 속에서

그 맛좋은 들마늘을 찾어 캐고 있었나니,

이 운수 참 묘하게는 좋게 느껴지더군.
느끼자니 이 여자에게선
귀골 티도 어느 만큼은 풍겨나고 해서 말이야.

서울의 겨울 참새들에게

참새야 참새야 서울 참새야
벽돌집 양옥집 틈에서 사노라고
빛갈도 벽돌빛으로 변하였구나.
겨우내 모이도 제대로 못 먹어
빼짝 매말라서 모여 있구나.
하로 만 원짜리 날품팔이의
'자연 보호꾼' 같은 우리 참새야!
제일 싼 이 나라 시인들 같은
우리 참새야!

1998~2000년 시편

우리나라 아버지

아들이 글 배워서
좋은 책 한 권을 잘 떼 마치면
우리나라 아버지는
맛있는 약주술을 빚게 하고,
식구들을 데불고
다수운 봄산에 올라서는
진달래 꽃들을 따서
안주로 꽃전을 부쳐 놓게 하고는
술 따루어 술 따루어
절을 하면서
하느님께 감사를 드렸었나니……
하느님이 가장 큰 어른이신 걸
어린 아들에게도 깨닫게 했었나니……

우리나라 어머니

아들이 여름에 염병에 걸려
외딴집에 내버려지면
우리나라 어머니는
그 아들 따라 같이 죽기로 작정하시고
밤낮으로 그 아들 옆에 가 지켜내면서
새벽마다 맑은 냉수 한 사발씩 떠 놓고는
절하고 기도하며 말씀하기를
"이년을 데려가시고
내 자식은 살려 주시옵소서"
하셨나니……
그러고는 낮이때면
가뭄에 말라가는 논도랑을 찾아
거기서 숨넘어가는 송사리떼들을
모조리 바가지에 쓸어모아 담어 가지고는
물이 아직 안 마른 못물로 가서
거기 넣어 주면서
"너희들도 하느님께 사정을 하여
내 아들을 도와 살려내게 해다우"

하시며

거듭 거듭 거듭 거듭 당부하고 계시었나니……

겨울 어느 날의 늙은 아내와 나

오랜 가난에 시달려 온 늙은 아내가
겨울 청명한 날
유리창에 어리는 관악산을 보다가
소리 내어 웃으며
"허어 오늘은 관악산이 다아 웃는군!" 한다.
그래 나는
"시인은 당신이 나보다 더 시인이군!
나는 그저 그런 당신의 대서쟁이구……" 하며
덩달아 웃어 본다.

* 편집자주─이 시는 마지막 발표작이다(『시와시학』 2000, 봄호).

수록시 총색인

수록시 총색인 |

숫자

미당 서정주 전집 5

1판 1쇄 발행 2015년 6월 30일
1판 4쇄 발행 2024년 1월 24일

지은이 · 서정주
간행위원 · 이남호 이경철 윤재웅 전옥란 최현식
펴낸이 · 주연선

책임 편집 · 오가진
자료 및 교정 · 김명미 사유진 노홍주
표지 디자인 · 민진기 본문 디자인 · 권예진

(주)은행나무
04035 서울특별시 마포구 양화로11길 54
전화 · 02)3143-0651~3 | 팩스 · 02)3143-0654
신고번호 · 제 1997—000168호(1997. 12. 12)
www.ehbook.co.kr
ehbook@ehbook.co.kr

ISBN 978-89-5660-891-4 (04810)
       978-89-5660-885-3 (전집 세트)
       978-89-5660-886-0 (시 세트)